ALESSANDRO MENDONÇA

QUERIDO PROFESSOR IVANOVIC

INSÍGNIA

EDITOR: Felipe Colbert

REVISÃO: Equipe Insígnia

CAPA E DIAGRAMAÇÃO: Equipe Insígnia

ILUSTRAÇÃO DA CAPA: Design by Freepik

FOTOGRAFIA DO AUTOR: Tatiana Reis

Publicado por Insígnia Editorial
www.insigniaeditorial.com.br
Instagram: @insigniaeditorial
Facebook: facebook.com/insigniaeditorial
E-mail: contato@insigniaeditorial.com.br

Impresso no Brasil.

Dados Internacionais de Catalogação na Publicação (CIP)
(Câmara Brasileira do Livro, SP, Brasil)

Mendonça, Alessandro
Querido professor Ivanovic / Alessandro Mendonça. -- 1. ed. -- São Paulo : Insígnia Editorial, 2025.

ISBN 978-65-84839-40-3

1. Romance brasileiro I. Título.

25-279836 CDD-B869.3

Índices para catálogo sistemático:

1. Romances : Literatura brasileira B869.3

Aline Graziele Benitez - Bibliotecária - CRB-1/3129

Agradeço aos meus pais pelo incentivo à leitura; ao meu amigo, o talentosíssimo artista de rua Andrej Zikic Artez, pelas dicas e correções nas referências à língua e cultura sérvias; ao meu editor, Felipe Colbert; à psicóloga Júlia Alcântara, pela análise crítica dos textos de teor psicanalítico; ao Studio de Dança Maria Carvalho; e à Deliciê Tortas, pela cessão do espaço onde trechos desta obra foram escritos.

Boa noite, Doutora Júlia
[16h22]
Meu nome é Sava... Sava Ivanovic.
[16h22]
Eu vou dizer de uma vez:
[16h22]
Eu não sou uma PESSOA
[16h22]
Eu acredito que sou um personagem
[16h25]
Um personagem de um livro
[16h25]
Eu tenho coo provar
[16h26]
*como
[16h26]
Desculpe. Minha mão eesta ´tremende
[16h27]
Tá difícil digitar sem errar
[16h27]
Eu tenho como provar
[16h28]

Júlia May Psicóloga digitando...

Oi, Sava! Tudo bem? Vamos marcar uma sessão pra gente conversar melhor, ok? Vou te passar meu e-mail e você marca uma hora. Vou te passar os dias e horários que tenho disponíveis, ou podemos fazer algo online. ☺
[16h29]
Não se preocupe com os erros. O importante é se fazer entender.
[16h30]
Fiquei muito curiosa em te conhecer. Por favor, não desista. Não deixe de ir. Vamos descobrir, juntos, as respostas.
[16h30]

UMA PARTE

A SEGUNDA CARTA
Sobre casulos em perigo, lagartixas famintas e aranhas apaixonadas

Querido Professor Ivanovic,

Dias atrás, descobri um casulo de lagarta preso à porta da cozinha da minha casa. Na época, tomei cuidado para não esmagá-lo toda vez que fechava a porta. Hoje, finalmente, a borboleta deixou o casulo e pude voltar ao meu descuido habitual, inocentemente ignorando as vidas mínimas que me cercam e que vivem ou morrem por minha causa ou influência.

Ontem, uma experiência semelhante. Notei uma pequena aranha macho "cortejando" sua parceira no meu banheiro. Ela saltitava e se movia freneticamente num balé silencioso e, um momento depois, aquela minúscula aranha macho estava lutando para sobreviver. Caíra no vaso sanitário cuja tampa eu havia deixado tragicamente aberta. Usei uma folha de papel higiênico para resgatar o amante ofegante, e assim ele foi capaz de retornar à teia de sua amada.

Hoje à noite, levantei-me para desligar a luz da área externa e notei uma lagartixa na parede, ao lado da lâmpada acesa, esperando por sua presa. Decidi manter a luz acesa para que a lagartixa se satisfizesse com alguns insetos voadores distraídos. Num intervalo de poucos dias, pude testemunhar aspectos fundamentais da sobrevivência de qualquer ser vivo, por menor que seja: nascimento, reprodução, perpetuação da espécie, alimentação. Minha casa revelou-se um microcosmo — uma maternidade de borboletas, um motel de aranhas e uma lanchonete de lagartixas.

A borboleta poderia não ter nascido se a porta tivesse se fechado sobre seu casulo; o romance aracnídeo poderia nunca ter sido consumado se eu não tivesse resgatado a aranhinha apaixonada; e a lagartixa poderia ter ido para a cama com fome se eu tivesse apagado a luz, afastando suas presas. Para eles, eu era uma espécie de "interventora sobrenatural".

Sempre penso que a divindade também pode ser uma questão de perspectiva. Numa perspectiva macrocósmica, posso ser tão frágil, pequena e dependente quanto um casulo de borboleta, uma aranha apaixonada ou uma lagartixa faminta. Se cremos em um Poder Maior, será reconfortante acreditar que Ele também esteja olhando por nós e impedindo que uma porta nos esmague, que as luzes sejam apagadas ou que morramos cedo demais, sem conhecer o amor.

Com carinho,
Elisa

A DÉCIMA PRIMEIRA CARTA
O poder da ausência

Querido Professor Ivanovic,

Um tempo atrás, numa época em que já não se escreviam cartas de amor, um garoto que eu amava me escreveu uma, marcando um encontro. Mas eu havia mudado de casa e não recebi a mensagem. A carta chegou, mas eu não estava lá. Um vizinho a recebeu em minha antiga residência, mas, quando me entregou, já havia se passado dois meses. Eu perdera o encontro — e um garoto esperou em vão por alguém que não estaria lá, que não poderia estar.

Dois anos antes, eu havia experimentado o poder da ausência. Meu pai saíra de casa. O casamento não suportara a morte trágica e prematura de minha irmã mais velha. Ausências não são inférteis. Reproduzem-se.

Então, hoje, vendo uma reportagem num site, lembro que é aniversário daquele atentado em que um motorista atropelou e matou dez pessoas com uma van, no Canadá, lembra? Vendo a foto que ilustra a matéria, fiquei impressionada com o poder revelador de sua imagem e de sua conexão com minhas perdas e minhas histórias inacabadas. Na imagem, em primeiro plano, está um par de calçados de uma das vítimas atropeladas pelo terrorista da van. Estão largados no meio da rua, no cruzamento das ruas Yonge e Finch, em Toronto. No momento da foto, o ataque já havia ocorrido; as vítimas sobreviventes já tinham sido levadas ao hospital. Os corpos das dez vítimas fatais estão no local, cobertos; a área está isolada, e dois peritos examinam a cena. Um deles, agachado, observa o calçado, manipulando-o com uma pinça. Metros adiante, está o outro par do calçado, da mesma vítima. Aquele par de mocassins, distantes um do outro, cercados por uma fita zebrada, sendo periciados, possuía um simbolismo perturbador — mais perturbador do que se o corpo da vítima que os usava estivesse sendo mostrado. Aqueles calçados, fora dos pés de seu dono, mostravam a força e o poder da ausência.

Curiosamente, esse lamentável episódio me lembrou outra história sobre cartas: as encontradas pelo escritor Patrick Modiano numa delegacia parisiense enquanto procurava registros de uma adolescente judia francesa chamada Dora Bruder, enviada para um campo de concentração durante a Segunda Guerra Mundial, e sobre a qual ele pesquisava para escrever um livro.

Modiano não encontrou informações sobre a menina. Em vez disso, encontrou centenas de cartas enviadas, em 1942, ao então chefe da polícia. Esse fora um ano em que muitos judeus haviam sido presos na França durante a ocupação nazista.

As cartas imploravam, em tom comovente, que o delegado enviasse notícias das pessoas que haviam sido detidas. A maioria sequer pedia a libertação dos presos, apenas informações sobre onde e em que condições estavam. As cartas nunca foram respondidas, e o poder da ausência foi sentido mais uma vez. Não apenas como a sensação de algo faltando — era um somatório de ausências. A ausência de um ente querido retirado repentinamente do convívio familiar; a ausência de qualquer informação sobre seu paradeiro e estado; a ausência de respostas. Cartas que carregavam esperança, mas que traziam aos remetentes apenas uma espera sem fim. Pedidos não respondidos; orações a um deus que não existe ou que não se importa.

O destinatário daquelas cartas, à época o chefe da polícia, já está morto. Os remetentes estão mortos — e também todos aqueles por quem tão ansiosamente buscaram. Todo mundo se foi. Mas nem tudo se foi. O "peso" da ausência permanece. Continua a fazer-se sentir, não mais pelas personagens originais, mas por Modiano, por mim e por quem as leu — e percebeu que não foram, não são e jamais serão capazes de preencher a ausência que evocam.

Eu me pergunto por que as coisas inacabadas nos incomodam. Principalmente quando deixam de se cumprir por causa de episódios drásticos, como divórcios, mortes e guerras.

Esses sapatos da foto são como aquelas cartas. Assim como elas, também não chegaram ao destino. Quem os recebeu — pois devem ter sido entregues a algum familiar da vítima — percebeu dolorosamente que, todavia, não estavam vazios. Estavam preenchidos e calçados pela ausência.

Professor, isso me fez lembrar do dia em que discutimos obras inacabadas de escritores que morreram enquanto as escreviam. Como é ler uma história cujo autor morreu antes de concluí-la? Ou receber uma carta de amor que chegou tarde demais? Ou receber um par de sapatos de alguém que não está mais lá? O poder da ausência, pensei, pode ser sentido até mesmo em algumas coisas simples — como esta carta que escrevo, agora. A página chega ao fim; a luz se apaga; a tinta da caneta se esgota justamente antes de dizer que eu...

Com ausência,
Lis

A QUINTA CARTA
A vida é minha!

Querido Professor Ivanovic,

Acho que essa vai ser uma carta longa e, como acontece nas boas conversas, ainda haverá assunto por ser conversado (risos). O filme que o senhor me recomendou me fez pensar em muitas coisas, e sempre surgem novos pensamentos enquanto a gente escreve. Então... se prepare!

Mas, antes que eu me esqueça: espero que você encontre seus livros perdidos. Tenho certeza de que eles vão aparecer como por mágica! Quando você tiver seu novo escritório organizado, eles estarão lá, esperando por você. É quase como uma metáfora, não é? Para colocar as coisas em ordem, outras precisam ser removidas (permanente ou temporariamente) de seus lugares. O caos precede a organização. Mas você vai descobrir — ou lembrar — que é como um quebra-cabeça: todas as peças necessárias estão ali.

Ao filme, então! Como o senhor disse que aconteceria, ele me ajudou a repensar a questão do suicida. Essa é uma questão delicada em nossa família, depois de tudo o que passamos. Aquilo que eu disse em sala de aula, sobre considerar que o suicida é um genocida ao contrário, alguém que — ao morrer — mata todos os que ficam... aquilo não saiu de mim. Foi algo que li e, acho que, por raiva, concordei.

Parece simplório que um filme tenha mudado meu entendimento. Recusei a terapia, na época. E só agora entendo que o comentário que fiz foi infeliz. Pessoas boas, pessoas como George Bailey, podem chegar ao fundo do poço, ao desespero, à constatação da falta de sentido. Será isso? Bailey se via impotente, incapaz de sair daquela cidade-prisão, daquela condição limitante. Talvez seja isso: o poder de encerrar a vida como sendo o único poder que possa ser exercido, como o único meio de fazer valer o livre-arbítrio. "Seu destino só depende de você" — é o que dizem os coachs.

(Pausa: Professor, o que o senhor pensa sobre essa febre de coaching? Nunca falamos disso. Gostaria de ouvir sua opinião. Eu acho que livros de autoajuda e palestras motivacionais — se funcionassem de verdade — deveriam se tornar cada vez mais raros.)

Mas pode ser só outro preconceito meu, como o sobre o suicídio. Talvez minha irmã tenha se cansado desse papo de que o destino está em suas mãos — ou o tenha levado à sua consequência mais drástica: a de que, somente tirando a própria vida, ela estaria fazendo o destino se curvar à sua vontade. Ainda assim, me parece que o suicídio não é "destino" algum. Pode ser justamente o contrário: a ausência de destino, a impossibilidade de se chegar a qualquer destino.

Claro que a vida é uma jornada com vários destinos, e nenhum destino é o destino final. Sempre temos um novo lugar para ir, um novo alvo, uma nova conquista. E não é essa a graça?

Antes de partir, ouvi a Clara dizendo, várias e várias vezes: "A vida é minha". Sei que muitos consideram isso um lema de independência. Antes, eu pensava que todo suicida era egoísta — ou, pelo menos, que seu gesto final era de egoísmo. George Bailey não era uma pessoa egoísta. Claro, ele é um personagem. Mas reconheço agora que Clara também não era egoísta. Ela passou a melhor parte da sua vida (e a pior também) ajudando as pessoas. Lembra que o senhor, uma vez, me disse que eu era uma "lufada de ar fresco" no seu dia? Ela era assim. Foi assim. Um ar fresco e breve, mas inesquecível. Um suicídio não pode ser um ato de egoísmo. Pode parecer, mas não é. Uma pessoa egoísta está sempre buscando a própria satisfação — e um suicida não busca, em seu ato final, nenhum prazer, nenhuma satisfação. Nenhum prazer, apenas descontinuidade. Nenhuma satisfação, apenas extinção.

Falo por mim: às vezes tenho vontade de desligar um botão e ficar fora por um tempo. Acho que as pessoas não puxariam o gatilho se pudessem apertar um botão assim. Umas "férias interiores", eu diria (suspiros).

Mas então, novamente: "Minha vida é minha" é um lema que me incomoda. Desconsidera o fato de que somos seres relacionais. Minha vida também pertence à minha família, amigos e comunidade. Essa "coisa" que chamo de "minha vida" é de tanta gente que facilmente poderia chamá-la de sociedade anônima — tantas são as vidas que a "minha" vida possui, toca e afeta, exatamente como o filme apresenta.

[...]

Sava Ivanovic suspirou, afastou o livro um pouco, pousou o dedo indicador — estendido sobre a última página lida — marcando-a, enquanto olhava para aquele capítulo incompleto e, depois, para o hall da livraria.

"Profundo, impactante, comovente", lembrou. E deixou essa e outras lembranças o levarem para longe. Longe.

Quando voltou a si, avançou as páginas aleatoriamente, até parar no capítulo intitulado "Mensagens em garrafas".

A VIGÉSIMA CARTA
Mensagens em garrafas

Querido Sava,

Tem um antigo conceito africano chamado seriti, cujo significado amo. Segundo ele, tudo o que é capaz de causar influência está vivo. Isso inclui objetos inanimados, forças da natureza e ancestrais falecidos. Se algo o afeta de alguma forma, está vivo para você, e nem a distância, nem o tempo, nem mesmo a morte podem evitá-lo.

Desde que você se foi, é assim que o mantenho vivo e próximo: relendo suas cartas e mensagens. Sua influência permanece nelas. Seu seriti. Ler cartas antigas é sempre uma experiência nova. A mensagem pode ser a mesma, mas eu não sou.

Lamento não ser mais possível saber se você leu alguma obra de Michel Houellebecq. Já falei dele, né? Este autor francês contemporâneo, em seu romance Submissão, diz que se sente próximo e íntimo de autores falecidos pelos quais tem devota admiração. Segundo ele, "a literatura pode dar acesso a um espírito do além-túmulo". Às vezes, esse acesso é "mais direto, mais completo e profundo do que você teria em uma conversa com um amigo".

Bem, para mim — e considerando nossa situação — escrever cartas para alguém que não pode (ou não quer) responder pode ser uma experiência ainda mais íntima e pessoal do que escrever para o amigo mais fiel. Houellebecq também disse que nunca falamos tão abertamente como quando nos deparamos com uma página em branco e nos dirigimos a um leitor que não conhecemos. É como uma mensagem em uma garrafa lançada ao mar. Sua vida, sua voz, sua mensagem encapsulada até o momento em que a garrafa seja encontrada, e a mensagem seja lida. E, então, sua influência possa ser sentida. É como estar vivo novamente. Seriti.

Sua aluna distante, à deriva numa garrafa lançada ao mar.
Com amor,
Lis

Sava fechou o livro de novo. Desta vez, sem deixar o dedo marcando a última página. Assustou-se com a consciência súbita de si. Perdera-se na leitura, nas longas pausas para refletir e relembrar. Estático, em pé ao lado da ilha de lançamentos e obras mais vendidas da livraria da faculdade. Por quanto tempo estivera assim? Olhou para os lados, certificando-se de que ninguém o observava. Como reagiriam seus alunos, seus colegas? O professor Sava Ivanovic lendo um livro com o próprio nome na capa, feito em sua homenagem?

De súbito, ocorreu-lhe: se aquele livro em suas mãos era uma compilação de cartas reais — todas elas — escritas por sua ex-aluna a ele, a carta em que ela lhe declarava, explicitamente, seu amor estaria também ali?

Procurou pelos títulos, folheando o livro rapidamente. Nada. O índice, talvez. Não havia índice. Algo na dedicatória, então. Alguma referência a ele.

"Agradeço à minha mãe, gratidão ao pai, editor, amigos... Nirvana."

Nirvana? A banda? Sim, verdade. Ela era fã.

"Suas canções me acompanharam ao longo de muitas dessas cartas", registrou.

Fechou o livro de novo. Bateu a lombada na testa, leve e repetidamente. Como se quisesse fazer algo funcionar em sua mente atribulada. Se serviu para algo, não foi para trazer paz. Pelo contrário. O que fez — o que pareceu fazer — foi trazer a voz de Kurt Cobain cantando em sua cabeça um trecho de *Something in the Way*. Uma trilha sonora mental um tanto incômoda, considerando a letra da canção, as circunstâncias e os sentimentos que aquela leitura despertava.

"Os animais que capturei se transformaram, todos eles, em meus animais de estimação."

Sentou-se numa poltrona de couro, encostada na coluna ao lado da ilha de lançamentos. Abriu o livro novamente e continuou sua imersão.

CARTA
As pernas de Maria

Querido professor Ivanovic,

Espero que esta carta o encontre com boa saúde. E também espero que a história que vou lhe contar lhe traga saúde como trouxe a mim.

Ontem foi o aniversário da minha mãe. Eu queria saber o que ela gostaria de ganhar de presente de aniversário e ela me pediu para levá-la para visitar uma querida amiga que mora em uma cidade a 80 km da nossa.

Antes disso, no entanto, ela me alertou para não chamá-la de "avó" ou "vovó".

Não sei como funciona no seu país, mas, aqui no Brasil, é comum as crianças chamarem senhoras idosas de "vovó", porque é uma forma de demonstrar afeição.

"Não a chamem de Vovó Maria porque isso a deixaria muito triste", mamãe nos alertou.

E então, ela me contou os motivos.

Maria tem agora 75 anos, mas nunca se casou nem teve filhos. Aos 25 anos, ela se apaixonou por um homem divorciado. Naquela época, em uma pequena cidade do interior, tal coisa era um escândalo.

Toda a sua família e, especialmente seu pai, eram totalmente contra esse relacionamento. Seu pai, Gabriel, era um oficial de justiça e tinha uma arma. Ele ameaçou o namorado de sua filha. "Eu vou te matar se você encontrar minha filha novamente."

Seu namorado não desistiu de se encontrar com Maria. Ele também comprou uma arma.

Eventualmente, o dia fatal chegou. Os dois homens se encontraram por acidente na rua e Gabriel atirou no namorado de sua filha. O jovem ferido caiu no chão, mas ele conseguiu atirar de volta e matou seu sogro.

O pai de Maria morreu, mas o rapaz sobreviveu apesar de estar gravemente ferido. Ele foi levado ao hospital e, após meses lutando pela vida e ainda em coma, recebeu a visita de um dos irmãos de Maria. No mesmo dia, ele foi declarado morto. "Eu acabei com ele", confessou o irmão anos depois.

Professor, eu me pergunto que tipo de vida pode ser possível depois de uma coisa dessas.

Maria poderia ter se tornado uma pessoa cética e amarga. No entanto, ela é uma senhora alegre, gentil, atenciosa e piedosa. Seu corpo magro e curvado repousa sobre duas pernas finas que mal suportam seu peso.

Em cada uma delas, há uma ferida não curada. Essas feridas causam uma dor excruciante a Maria. Ela reclama da dor, mas não para de andar, se movimentar e servir as pessoas em casa. A propósito, a casa de Maria está cheia de pessoas. A maioria delas são pessoas a quem Maria ajuda financeiramente.

Em um dos quartos de sua casa, há uma adolescente que deu à luz seu primeiro filho.

A menina não é parente de Maria. Ela é ex-namorada de seu sobrinho-neto. O namoro acabou, os pais do menino não deram abrigo à jovem mãe. Coube a Maria oferecer um lugar para a mãe e sua filha.

Quando a tragédia aconteceu com Maria, ela não pôde retornar para sua própria casa. Seus irmãos não a aceitaram. Ela havia perdido seu amado, seu pai e seu lar. Hoje, ela tem uma casa e ajuda seus irmãos e seus descendentes.

As pernas de Maria carregam úlceras incuráveis, mas elas não param de se mover. Talvez essa seja a metáfora perfeita. Ela conheceu o amor, a perda, a solidão, mas descobriu que nem toda dor tem o poder de nos imobilizar permanentemente. E também que aliviar o sofrimento de alguém é o melhor remédio para aliviar o seu próprio.

Com todos os meus sentimentos mais profundos,
Sua devotada aprendiz,
Elisa F.

A TERCEIRA CARTA
Meus pais e os ovos abençoados

Querido Professor Ivanovic,

Espero que esta carta o encontre bem.

Fico me perguntando se o senhor ainda dá aulas de inglês. Quero que saiba que tenho me dedicado a corrigir aqueles poucos erros sobre os quais me alertou. Obrigada por isso! "Poucos erros", o senhor disse.

Obrigada também por levantar minha moral!

Vamos fingir que decidi escrever esta carta porque é Páscoa.

De todo modo, essa coisa de ovos de Páscoa me lembra um episódio tão comum na minha vida, mas com um significado incomum e uma satisfação imensa. O amor e o cuidado simples dos meus pais por mim. Espero que também lhe agrade.

Meus pais estão divorciados há mais de vinte anos. E, respondendo à sua pergunta: não, eles não se divorciaram por causa da morte da Clara.

Um dia, visitando minha mãe, ela me deu alguns ovos de galinha caipira. Estranhamente, os ovos estavam rotulados.

"Olhe aqui", ela apontou. Os ovos tinham pequenas etiquetas com datas diferentes. "Os rótulos mostram o dia em que as galinhas botaram. Você deve usar os mais antigos primeiro", recomendou.

Saí da casa da minha mãe e fui para a do meu pai, onde comentei que ela havia me dado uns ovos e que eu pretendia fritar dois, acompanhando um arroz feito na hora, em casa.

Meu pai me alertou: "Cuidado, você deve quebrar os ovos primeiro em um pires e verificar se não estão estragados".

"Sim, ok... eu sei, eu sei", respondi.

"E faça uma prece antes de comer", recomendou, solene. "Para que sejam abençoados", concluiu.

Bem, quando cheguei em casa, cozinhei arroz, feijão e legumes e, ignorando a recomendação do meu pai, quebrei os dois ovos direto na frigideira. Estavam perfeitos. Mas, na hora da refeição, lembrei-me de seu conselho final: "Senhor, abençoados sejam estes ovos, amém", orei obedientemente.

Deixe-me lhe dizer, professor, que fiz minha refeição e, enquanto saboreava o prato, lembrei-me dos meus pais e de seus cuidados e amor por mim.

Meus pais ainda estão vivos, e acho que nunca os agradeci por esse cuidado frugal. No entanto, jamais esquecerei que o amor e o cuidado deles começaram com um "óvulo fertilizado" — eu mesma (risos) — e continuaram mesmo após o divórcio, mesmo depois de eu já ser uma mulher adulta. Ainda assim, manifestaram-se através de alguns ovos de galinha, rotulados e abençoados.

Feliz Páscoa, querido professor.
Elisa F.

A SEXTA CARTA
Aqueles "estranhos familiares"

Querido Professor Ivanovic,

Recentemente, tive a oportunidade de conhecer uma escritora muito querida. Quando criança, li um livro divertido sobre um guarda noturno medroso. Anos depois, pelas redes sociais, consegui entrar em contato com sua autora, Cleunice Orlandi De Lima. Felizmente, ela estava viva e ativa. Pude escrever-lhe para parabenizá-la e agradecê-la por ter sido uma parte significativa da minha infância feliz.

O escritor francês Michel Houellebecq diz que um livro que amamos é também um livro cujo autor amamos, a quem queremos conhecer, com quem gostaríamos de passar alguns dias. A literatura, segundo ele, mais do que a música ou a pintura, nos dá essa sensação de contato com outro espírito humano de forma tão direta, completa e até mais profunda do que uma conversa com um amigo. Em uma discussão, diz ele, nunca nos entregamos tão completamente como quando, diante de uma página em branco — no ofício de autor — nos dirigimos a um destinatário desconhecido.

Professor, costumo acreditar que um livro é como uma mensagem em uma garrafa, que pode chegar até nós vinda de outro lugar, cultura e época — e até mesmo de autores já falecidos. Porém — ou talvez justamente por isso — um livro é uma espécie de portal que ambos, autor e leitor, abrem para entrarem na mente e na alma um do outro e, às vezes, para ali viverem para sempre.

Sinceramente,
Elisa F.

A SÉTIMA CARTA
Brilhando como fósforo no fundo do oceano

Querido Professor Ivanovic,

Li todo o poema de A. M. Klein que você citou — Portrait of the Poet as a Landscape. É tristemente lindo. Eu me sinto assim, às vezes. Às vezes, todo mundo se sente assim: consciente de sua significância, de sua importância, mas também de sua solidão e quase invisibilidade. Assim como a referência que Klein faz, no fim do poema, ao processo de quimioluminescência do fósforo brilhando no fundo do oceano — como um tesouro escondido, um fenômeno da natureza, poderoso e belo, que ocorre aos olhos de ninguém. Tem valor, mas não tem significado porque, para ter significado, alguém precisa estar lá para interpretar os signos, para significá-lo.

O engraçado é que eu estava prestes a lhe contar por que seus elogios tão gentis são tão importantes para mim. E desisti de lhe dizer isso porque, você sabe, é uma espécie de lamento, do tipo: "Oh, Céus, como eu sou carente!". Então, desisti. Mas a citação do poema de Klein me fez desejar retomar o assunto.

Fato é que, na infância, tive pouco ou nenhum reconhecimento por parte dos meus pais. Não duvido que eles me amem e cuidem de mim, mas minha mãe costumava dizer que todas as coisas supostamente "louváveis" que eu fazia eram apenas minha obrigação. Então, nada de elogios da mamãe. Meu pai, por outro lado (ou "do mesmo" lado, no caso), costumava me alertar sobre o perigo do elogio em excesso. "Lis, não se vanglorie", "Lis, cuidado com a vaidade", e assim por diante.

Eu sei que eles fizeram isso com boas intenções, para o meu próprio bem. Então, você citando Klein... bem, isso me acertou em cheio!

Felizmente, minha mãe é minha maior incentivadora hoje em dia. E papai ainda é "escasso" em elogios, mas, pelo menos, recentemente reconheceu que deveria ter me elogiado um pouco mais.

Acho que, por hoje, é só.

Do fundo do oceano e ainda brilhando,
Elisa F.

Sim! Sava se recordava de tudo. A aula em que fez referência a obras inacabadas de autores mortos e a menção ao ataque terrorista que, naquele momento — durante a aula — soava um pouco desconexa. Depois, na carta, as peças unidas e fazendo sentido, integradas e pertinentes num texto coeso e denso. "Profundo, intenso e poderoso", ele havia escrito em resposta. "Você consegue conectar coisas, aparentemente, desconexas e dar-lhes um sentido novo e instigante".

Sava tinha os olhos voltados para as portas de vidro transparente do prédio. Mirava lá fora, o jardim, o pátio, as calçadas que se espalhavam por todos os lados no campus. Um olhar distante e impreciso. Ainda assim, os sentidos sendo capazes de captar o movimento de alunos lá fora, passarinhos diversos cantando e chilreando, o cheiro do café sendo preparado ali mesmo na livraria. E então, tudo isso sumindo, borrando-se para se tornar a visão de Elisa, as palavras de Elisa, a voz de Elisa. Também a tentativa dele de organizar o caos: *Tudo bem*, pensava. Não podia ser tão ruim assim. Sua aluna, sua ex-aluna, resolvera publicar um livro. Na verdade, pelo que acabara de ler, esse não era seu primeiro texto publicado. Contos, crônicas em jornais, portais... fosse o que fosse. Textos diversos. Talvez sobre ele? Todos sobre ele, talvez? Não sabia. Nesse momento, não tinha como saber. Precisava focar. *Vamos lá! De novo! Recapitulemos!* Elisa, sua ex-aluna, declaradamente apaixonada por ele, escrevera-lhe cartas; trocaram correspondência por um tempo — e-mails e cartas escritas, mensagens por um aplicativo de conversas, também. Anos atrás. Cinco anos? Talvez seis? Não tinha certeza.

Voltou o olhar para a capa do livro, ainda surpreso. Não apenas pela situação insólita, mas pela mistura de sentimentos.

Sava Ivanovic dirigiu-se ao caixa da livraria para pagar por seu exemplar de *Querido Professor Ivanovic*. Enquanto caminhava, lentamente, vasculhou as páginas até o capítulo de abertura, a primeira carta. Leu-a enquanto andava, vagarosamente. Depois, na fila e até a moça do caixa o chamar pela segunda vez.

A PRIMEIRA CARTA

Querido Professor Ivanovic,

Hoje, dia em que lhe escrevo, é um domingo. Um dia dado ao descanso, cujo ócio que lhe é próprio parece nos conduzir às reflexões e, destas, às resoluções. E resoluções, ao que parece, sempre acompanhadas de gestos graves, decisórios. Pode ser um levantar-se resoluto, um estalar de dedos ou um suspirar profundo; aquele último gole, um golpe no tampo da mesa. É isso! Eis o que vou fazer! E marcamos, no calendário, o dia seguinte: Amanhã, eu começo, prometemos.

Quanto a mim, o gesto grave e decisório foi abrir meu laptop (risos).

Decidi seguir seus conselhos e, mais que isso, seus incentivos para me dedicar à escrita. Suas aulas sempre rendem subtemas que nunca são esgotados em sala, e o tempo se despede sorrindo, com a promessa de um reencontro — que sempre vem — mas, então, o ciclo se repete, jocoso: o tempo achando graça de nossa surpresa com sua perversa alternância — rápido durante suas aulas e interminável entre elas.

Então, com sua gentil anuência, passei a lhe escrever sobre essas conversas e seus desdobramentos instigantes. Uma forma de praticar a escrita e desenvolver — sem jamais concluir — os tópicos que tratávamos nas aulas.

Daí, a partir de suas respostas, sempre elogiosas e motivadoras, decidi lançar esses mesmos textos numa página na internet. "Você já pensou em escrever um romance? Acho que você devia escrever contos, ou transformar essas cartas em crônicas e publicá-las."

Aceitei o conselho, mas mantive o formato de cartas, retirando referências pessoais ou trocando-as por outras, inventadas (para manter aquele ar de veracidade que caracteriza a correspondência).

Returned To The Sender é o nome da página. É também, caso não saiba, o nome de uma canção do Elvis, além de uma referência às cartas que escrevi a alguém que amei e que foram devolvidas ao remetente com esse carimbo: "Destinatário desconhecido".

Também escrevi contos e crônicas para jornais, revistas, sites e portais de literatura diversos. Tive algum sucesso, e alguns contos compuseram coletâneas; depois, foram reunidos em minha primeira obra completa.

Por enquanto, é isso.
Elisa F.

Elisa tinha razão. Domingos eram dias diferentes. É o que se diz. O brilho do sol, o azul do céu, os sons típicos ou, melhor, o silêncio típico e aquela sensação de suspensão da rotina. Domingos são assim. Ou parecem ser.

Toda a situação, o livro, as cartas, tudo aquilo junto, como se um domingo ensolarado estivesse invadindo a segunda-feira do Professor Sava Ivanovic. Assim, bem no meio do dia, no intervalo de almoço, na seção da livraria do campus destinada aos lançamentos e às obras mais vendidas. Ali, em destaque, na ilha central da livraria e, agora, em suas mãos, bem diante de seus olhos e — em algum momento ou outro — diante dos olhos de seus alunos e colegas, o livro com seu nome no título. Em letras vermelhas, em alto-relevo, sobre uma capa branca, simulando uma carta manuscrita: *Querido Professor Ivanovic.*

Claro que era ele, embora, ao ver o livro exposto, sua primeira reação — antes de abrir o livro — tenha sido a de tentar conceber a possibilidade de uma coincidência. Considerou o fato da existência de milhares de outros Ivanovics no mundo! Milhares! Muitos, professores universitários como ele. Isso sem mencionar os já falecidos e, sem dúvida, os ficcionais. Até mesmo ali, no departamento de Letras, ele próprio conhecia dois outros Ivanovics. E, se pesquisasse nos registros acadêmicos de toda a Faculdade de Educação, talvez houvesse mais. Na universidade inteira, certamente. Mas, não era outro. Era ele, Sava Ivanovic.

Elisa havia lhe prometido, numa de suas cartas, que um dia haveriam de "se encontrar numa livraria". Fizera parte de seu passado recente, participara de um de seus cursos à distância, mas se praticara muito presente em sua vida e o marcara profunda e indelevelmente. Ainda assim, julgava ele, uma "página virada", agora. Mas, não. Atônito, percebia que havia, ainda, muitas páginas a serem lidas e relidas.

Depois do susto, do instante de perplexidade paralisante ao se deparar com o livro, abrira-o, folheando-o a esmo. Seu ritual literário alterado. Sem leitura das orelhas, da sinopse; sem consulta às informações sobre o autor, sua foto, sua identidade. Direto ao texto.

Lendo, sentia como se o cenário e, mesmo, o tempo se distorcessem à sua volta. O sol saiu por detrás das nuvens, sua luz invadindo a claraboia da livraria e banhando seu corpo de um calor calmante. A noção do tempo desfeita, o calendário abruptamente alterado. Um domingo sorridente e oco e um livro para ser lido numa condição única: ele, Sava Ivanovic — e nenhum outro leitor no mundo — sabia o contexto do que fora escrito. As intenções, os sentimentos, as circunstâncias.

Sava era professor de literatura; dirigia um sedã velho e fumava um maço de Lucky Strike por dia. Era levemente estrábico, usava óculos de aros grossos e gravata borboleta, combinando com o terno. A gravata fora uma forma de tentar tirar o foco de seu estrabismo e de sua — à época — obesidade. Quando alunos, colegas ou qualquer outra pessoa não sabiam seu nome, era comum se referirem a ele como "aquele gordinho". Aparentemente, isso era preferível a "aquele estrábico". Não faziam por mal, julgava. Era o costume, e soava menos ofensivo que identificá-lo por uma deficiência física. No mais, era um eslavo bem típico. Cabelos, pele, altura, nariz. Destacava-se no peso. Por muito tempo, fora o único professor obeso em todo o Departamento de Letras. O sobrenome, ainda que incomum, também não ajudava quando se referiam ao "Professor Ivanovic". Qual deles? Havia três. Ele, o Ivanovic kosovar que, como ele, anos antes, havia emigrado para o Brasil, fugindo da guerra, e o Ivanovich russo.

Assim, para diferenciá-lo dos demais, o identificavam por sua característica mais proeminente: o peso. Às vezes, não o chamavam de "aquele gordinho"; ao invés disso, faziam o gesto com as mãos circulando a área da cintura: "Aquele..." — e gesticulavam. Funcionava. O interlocutor sorria e confirmava. Sim, você deve estar se referindo ao professor Sava Ivanovic.

Isso havia sido anos atrás. O patrulhamento do politicamente incorreto não existia. Foi quando passou a usar gravata borboleta. Todos os dias, em todas as aulas. Ninguém mais usava; então, funcionou. Mas, com o passar do tempo, a referência mudou. Não era mais sua gordura, mas o adereço indumentário. Qual professor? Aquele de gravata borboleta? Sim, é o professor Sava Ivanovic. E, com o passar de mais tempo — e muito esforço —, Sava Ivanovic emagreceu. Ficou igual aos outros Ivanovics. Só que com óculos e gravata borboleta. E o leve estrabismo.

Amava ler, é claro. Tanto que acreditava que, se havia um paraíso, deveria haver uma biblioteca lá. Morrer sem ter lido todas as obras desejadas é, afinal, o pavor (e a sina) de todo amante de literatura. No pós-vida, não parecia-lhe haver recompensa maior nem melhor combinação que a junção de um tempo sem fim e todo o acervo possível à disposição — quem sabe, até, textos escritos no além, obras inéditas de seus autores favoritos, já falecidos.

Também dizia que não escolhia os livros que lia; os livros é que o escolhiam. Repetia isso, especialmente a quem lhe recomendasse obras. "O livro não me escolheu" soava melhor que "não tive tempo" ou "não gosto dessa temática". Fazia-o lembrar do pai, pianista já falecido que, quando perguntado sobre a opinião referente a alguma música — se não havia gostado — dizia: "Ainda não entendi a proposta" e, quase sempre, emendava: "Preciso ouvir de novo, com mais atenção". Era polido e respeitoso e, de maneira alguma, falso ou pedante. De fato, aprendera com o pai que "toda obra de arte era digna de valor" e toda criação era uma obra de arte, ainda que, aos nossos olhos, simplória. A criatividade jamais poderia ser algo intrinsicamente ruim. Era um dom divino. Claro, havia espaço para a crítica e para a distinção entre melhores e piores. "Como rakija e Coca-Cola", dizia ele. Ambas as bebidas têm seus valores e particularidades. Mas, enquanto uma é um destilado muito forte, elaborado, para ser apreciado em pequenos goles, a outra é água gaseificada e xarope. Na arte, dava-se o mesmo.

Para Sava — e para os amantes da leitura, sintam-se escolhidos ou não — o processo de seleção de uma obra, numa biblioteca ou livraria, quase sempre tem no título seu gancho. Então, o ritual típico: a capa, os dedos deslizando pela lombada, a manipulação cuidadosa, reverente; a leitura da orelha, da sinopse e, se o interesse continuasse, passava à contracapa, às informações sobre o autor, prêmios, críticas e o clímax da corte: a leitura do primeiro parágrafo.

Então, findas as preliminares e sentindo-se escolhido, fingia considerar o tempo que teria para se dedicar àquela leitura (quase sempre, mínimo e cada vez menor) e a condição financeira (quase sempre insuficiente e cada vez pior) e entregava-se, alegremente derrotado, àquela força determinante. E, após a compra, reservava o momento mais íntimo com o livro para a privacidade e solidão de seu escritório: cheirá-lo e acariciá-lo.

De qualquer forma, fosse escolhendo um livro ou sendo escolhido por ele — como Sava acreditava acontecer a ele — agora, algo novo e único se estabelecia. Alguém o havia escolhido para ser o livro. Era ele, agora, personagem-leitor e o livro, em suas mãos, inescapável, inevitável.

Na fila do caixa, erguendo os olhos, notou que a livraria estava quase vazia. Não era mais o efeito da imersão no texto e a desconexão com o mundo ao redor. Olhou o relógio. Deus do céu! Como estava atrasado!

A moça do caixa o havia chamado mais de uma vez. Perdera a noção do tempo e do espaço. Ao que parecia, perdera a audição momentaneamente também. Acenou à moça com um sorriso tímido e um sinal que pedia desculpas com a dispensa das palavras. Levou o livro ao caixa, pagou, resmungou algo para a atendente em resposta à informação de uma nova obra, recém-chegada, sobre literatura americana. Sim, ele olharia quando pudesse. E a revista de palavras cruzadas? Não levaria? Agora, não.

Estava com pressa. Voltaria na segunda-feira, prometeu.

— Hoje é segunda-feira, Professor Ivanovic — alertou a atendente.

E ele, balançando a cabeça, de novo, desconcertado.

— Sim, claro. Hoje é segunda. Amanhã, então.

Recebeu a nota fiscal da compra, agradeceu, dispensou a sacola da livraria. Meteu o livro na maleta. Não queria ninguém lhe perguntando sobre o livro. *Livro novo, professor? Que livro é esse? Ah, o senhor também comprou Querido Professor Ivanovic? Que coincidência, não?* Sim, uma grande coincidência. Nada além disso. *Deve ser sobre o Dusan*, riria descontraído. *Ele também é Ivanovic, ou talvez sobre o Boris. Deve ser sobre o Boris, que é mais jovem e galante.*

Mas, não hoje. Hoje, ninguém podia lhe perguntar. Não saberia se comportar.

Deus do céu! E Andrea? Já está sabendo do livro? O que dirá? Fingiria ignorância. Mas, primeiro — antes de qualquer outra coisa — precisava ler tudo. O livro todo. Pesquisar, se informar nos sites especializados, nas redes sociais. Haveria alguma associação a ele? A autora o teria citado como fonte de inspiração? Quantas pessoas já teriam comprado? Quantos, ali, na universidade? Quantos no mundo todo? Estaria traduzido em outros idiomas? Se Sava o havia encontrado na ilha central da livraria, no espaço destinado às obras mais vendidas, já estaria circulando há algum tempo, frequentando listas de mais vendidos, alcançando vigor suficiente para receber versões em outros idiomas.

* * *

Sava chegou em casa depois da esposa, como era o costume, às segundas. [inserir descrição da casa] E, como de costume, ela ouvia, esparramada no sofá e ainda com as roupas do trabalho, algum programa de entrevistas sobre literatura.

Andrea se levantou e beijou o marido como sempre. Trocaram informações genéricas sobre o dia de cada um; o trânsito, o tempo, notícias do filho. Tudo corria normal. Nenhum sinal de que ela soubesse do livro. Ainda.

Cumprido o checklist dos assuntos de rotina, Andrea desabou sobre o sofá, puxando consigo o marido. Ele se livrou dos sapatos, os olhos perdidos nos movimentos, os ouvidos percebendo os sons, mas sem distingui-los. Andrea ouvia uma entrevista em inglês, vinda do aplicativo de rádios online da TV. Spots comerciais interromperam a conversa entre entrevistador e entrevistada. Jingles, anúncios.

Andrea tirou a gravata borboleta do marido, desabotoou seu colarinho e notou o ar sombrio e a débil tentativa de Sava de evitar expor a razão de seu visível estado de anormalidade. O que seria? Seria a insistência do diretor do departamento para que ele se mantivesse como professor de Introdução à Literatura Alemã, apesar de seu desconforto com o pouco conhecimento — a seus olhos — do idioma?

"Tenho alunos com dois semestres de alemão; outros são fluentes. Poucos leem melhor que eu, mas, ainda assim, é desconfortável. Me sinto à beira de um precipício." Seu princípio era o de ou fazer algo bem feito ou não fazer de modo algum. Mas Sava não seguia o princípio à risca. Sua índole era servil demais, achava. Sempre se subordinando, aceitando ordens, submetendo-se, colocando-se em segundo plano.

Essa noite, ele tinha outros incômodos.

— Venha. Vou preparar a janta enquanto você me conta o que lhe aflige — convidou Andrea, já se levantando.

Sava notou que o programa de rádio havia voltado após o intervalo comercial. Era um talk-show americano. A apresentadora falava da próxima entrevista. Alguém que havia escrito um romance epistolar despretensioso que havia se tornado um enorme sucesso de vendas.

— Babe, seu programa voltou. Não quer ver? Digo: ouvir.

— Eu ouço daqui da cozinha — gritou Andrea em resposta, já abrindo portas e gavetas. — Ouço depois — completou.

— Quem será o entrevistado? — perguntou Sava, indo à cozinha.

— Meu Deus! Nem troquei minha roupa ainda — surpreendeu-se Andrea. — Querido, por favor, pegue o avental nessa gaveta, a terceira de cima para baixo — apontou, de costas para Sava, na direção do armário, enquanto, com a outra mão, abria o refrigerador e o inspecionava em busca da melhor combinação de refeição em termos de praticidade e satisfação.

— A entrevista — continuou — é com a autora de um livro que comecei a ler. E o curioso é que eu comprei o livro, já li alguns capítulos, aleatoriamente, e nem vi a foto da autora. Na verdade, acho que não há foto alguma. Lis alguma coisa.

Andrea voltou-se à mesa, com os braços cheios de itens tirados da geladeira.

Sava havia aberto um pacote de biscoitos de arroz, mas zipou-o novamente antes de pegar o segundo biscoito, diante da menção da esposa ao livro, à entrevista e ao nome da autora.

— Lis, você disse? Lis com "L", "I" e "S"? — respondeu fingindo indiferença e torcendo para que fosse outro livro. Talvez fosse. Afinal, Andrea não o havia mencionado ainda.

Andrea reprovou, com o olhar e cara de brava, o marido mastigando o biscoito antes da refeição.

— O jantar já fica pronto. Você não devia comer besteira antes das refeições.

A entrevista seguia com trechos das falas se imiscuindo no diálogo do casal. Como se fossem pirilampos voando na cozinha e disparando flashes de luzes que atraíam a atenção momentânea de Sava para, em seguida, se apagarem e seu foco retornar, coeso, ao diálogo com a esposa.

"Did you ever imagine achieving this level of success?" ["Você imaginou que alcançaria esse nível de sucesso?"]

— Coração, você parece preocupado. Preocupado e distante. O que foi?

"Funny thing you've asked that because I decided to change my answer..." ["Engraçado você perguntar isso, porque eu decidi mudar minha resposta..."]

Sava tentava pensar em algo, lembrar de um particular episódio desagradável e recente, mas os pirilampos que saíam da TV tornavam o assunto literatura ainda mais difícil de escapar. Pensava no livro e sobre como (e se devia) contar à esposa. Guardava a esperança de que ela, talvez, não tivesse ouvido falar. Eram tantos os livros de sucesso, tantos os autores, mas a menção ao apelido de Elisa deixara como única esperança a possibilidade remota de ser outro livro.

"But I shifted my approach. Now I confidently say, 'I'm a writer. I write successful novels. Yes, I'm famous...'" ["Mas mudei de tática. Agora solto sem hesitar: 'Sou escritora. Escrevi best-sellers. E sim, sou famosa...'"]

"That's great. So, did anyone ever respond with, 'I've never heard of you'?" ["Ótimo. Então, alguém já te respondeu com: 'Nunca ouvi falar de você'?"]

"Surprisingly, no. I think people consider it impolite. Instead, I'd tell them, 'If you haven't heard of me, it's because writers have their own kind of fame — famous yet unknown.'" ["Surpreendentemente, não. Acho que as pessoas consideram indelicado. No lugar, eu diria: 'Se você nunca ouviu falar de mim, é porque escritores têm uma fama peculiar — somos conhecidos por sermos desconhecidos.'"]

— Você se lembra do Denis, não lembra? Ele costumava me visitar nos intervalos da aula dele, em meu escritório. Tomávamos café e falávamos de futebol.

— Sim, lembro. Você já falou dessas conversas sobre futebol. Vocês brigaram por causa de seus times?

— Não. Nada disso. Mas achei estranho que a frequência das visitas diminuiu. Ele passava por mim, me cumprimentava e seguia para a sala dos professores. Eu o via por lá, de quando em quando, tomando café com os colegas do departamento. O curioso e triste é que eu soube que eles trocaram a velha cafeteira, que nem funcionava mais, por uma nova e moderna. O cheiro do café chega à minha sala. Mas o Denis não vem mais.

Sava moveu os braços, com as mãos espalmadas para cima, dando de ombros, como que, em seu gesto, concluindo que o colega só vinha por causa do café.

Andrea, claro, entendeu.

— Oh, querido. Sinto muito.

— Tem também a Cristina — continuou Sava, em falso tom de desabafo.

— Ela não se aposentou?

— Sim, mas apareceu lá, para uma visita ao pessoal.

— E ela também estava interessada em seu café, apenas?

— Não. Eu a convidei para o café, mas ela não apareceu. Eu a encontrei no pátio, cercada de colegas, todos alegres. Falei com ela, rapidamente, sobre minha tese sobre a tanatologia shakespeariana, algo em que ela tinha tanto interesse e tanto havia me incentivado. Mas ela murmurou qualquer coisa e, em seguida, disse que iria me encontrar em minha sala e poderíamos tomar café discutindo. Mas ela não foi. Eu a ouvi passando pelo corredor, todo o alvoroço em volta. Abri a porta e ela só me disse adeus. Escrevi uma homenagem póstuma para o pai dela. Ela me agradeceu tanto, me chamou de amigo e, agora, isso...

— Acho que você está exagerando. Ela estava cercada de pessoas, com pouco tempo, talvez. Deve ter se distraído.

Sava tinha o olhar perdido, ainda que, paradoxalmente, fixo no pote de vidro transparente cheio de massa de talharim. Lembrou-se de Dom Casmurro e de Bentinho "ouvindo" conselhos de um velho coqueiro.

"O amor é próprio aos adolescentes", dizia o coqueiro a Bentinho, em sua imaginação pueril e apaixonada por sua vizinha, Capitu.

Ao que lhe respondia, também muito imaginativamente, que "amava os conselhos sábios dos coqueiros velhos".

Sava também gostaria de receber uma revelação, um sinal, uma epifania. Mas o pote de talharim permanecia em silêncio. O pote de lentilhas, ao lado, também. Assim o pote de grão-de-bico. Mas, espere!

O pote de talharim lhe dizia algo. Era como se sentia. Como aquele macarrão: seco, amassado, enrolado, preso.

— Pode ser — respondeu de forma pouco convincente, enquanto mastigava o último pedaço de biscoito de arroz, ainda olhando para o pote de talharim.

— Esse macarrão... — apontou — há quanto tempo está aí? Há quanto tempo não comemos uma macarronada?

— Tem razão, querido. Faz algum tempo. Mas gosto tanto dele, como enfeite. A cor, o formato. Talvez por isso eu não o tenha usado ainda.

Sim. Sava era um pote de macarrão talharim. Belo enfeite subutilizado; inútil em seu propósito maior.

— De qualquer forma — continuou — sinto que sempre estou à disposição para ouvir, para receber, para dar atenção e...

— Para oferecer seu café — prosseguiu a companheira.

— Sim — riu Sava —, meu café, minha atenção, meus ouvidos, mas pouco tenho de café, atenção e ouvidos da parte dos outros.

Andrea havia acabado de organizar os pratos na mesa.

— Parece melhor assim. Antes você ser o que se doa mais do que aquele que se serve mais.

Sava torceu os lábios e balançou a cabeça assertivamente, num sinal de insatisfeita concordância.

— Pode ser — repetiu, lacônico.

Andrea esticou o dedo indicador para cima e seus olhos se abriram, surpresos com a lembrança.

— Isso me faz lembrar de um dos trechos do livro que te falei. Por sinal, você vai gostar do título.

— Ah, é? E como se chama? *Manual do Idiota Útil*? — provocou.

— Nada disso, engraçadinho. E você não seria útil se fosse um idiota.

— Mas é como me sinto, às vezes.

— Todo mundo se sente assim, às vezes. Mas não vou dizer o nome do livro ainda. Quero ler o trecho primeiro porque fala precisamente sobre isso. Sobre essa sensação.

— "Querido professor" — começou Andrea, e o coração de Sava saltou para a boca.

A esposa omitiu, propositalmente, a menção ao nome "Ivanovic", certamente para revelar a surpresa posteriormente.

— "Você já se sentiu como um objeto?" — continuou. — "Quero dizer, sendo tratado como um objeto? Você já se sentiu assim?"

"Não estou falando sobre sentir-se como um objeto no sentido de algo sem importância ou insignificante. Objetos podem ser úteis. Na verdade, geralmente são. Alguns são muito bons no que se propõem a ser e a servir. Um livro pode ser uma boa fonte de informação e uma boa companhia. Um ursinho de pelúcia pode trazer conforto. Uma roupa bonita faz você se sentir melhor. E um smartphone? Ele se tornou tão essencial quanto o ar. Você já deve ter ouvido falar, professor, que existem até 'sequestros de smartphones' hoje em dia.

Mas, em um relacionamento, sentir-se como um objeto é devastador. É ainda pior do que se sentir inútil. Porque a inutilidade pode derivar de simples incapacidade ou incompetência. Então, é algo que se pode lutar para mudar. É diferente quando você sente que está sendo objetificado.

Ser tratado como um objeto não é sobre ser descartado — isso é lixo. É exatamente o oposto: é ser bem tratado como resultado de ser um bom objeto. E o que dói, nesse caso, não é o 'usuário' não perceber nosso valor, mas sim que ele não seja capaz de ver nossos sentimentos e desejos. Ou pior: que os veja e os ignore.

Um bom relacionamento, eu acho, é quando as pessoas envolvidas estão comprometidas em pensar sobre os interesses e sentimentos uma da outra. Isso pode ser facilmente esquecido, porque objetos preciosos podem (e devem) ser bem tratados. E ser bem tratado como um bom objeto é algo que pode disfarçar a exploração em um relacionamento. Há parceiros que tratam bem seus parceiros-objetos: polindo, limpando, trocando as pilhas, guardando-os em um lugar seguro. Tudo isso pode induzir à falsa sensação de que se está fazendo todo o possível pelo parceiro.

Não se trata de mostrar ou receber apreciação; é mais do que isso. Objetos podem ser apreciados, mas podem ser satisfeitos? Claro que não. Objetos não têm sentimentos. Aqui está a diferença. Não é tão fácil admitir tal situação, mas é fácil resolvê-la — e começa com uma pergunta simples, como: 'Como posso lhe agradar?'. Agradar é mais do que cuidar.

Sua devotada aprendiz, que espera nunca ter tratado você como um objeto."

[...]

Andrea interrompeu a leitura também sem citar, ao fim, a autoria da carta. Esperava ver a reação de Sava. Ela sabia de Elisa. Sabia de suas cartas, seus comentários perspicazes em sala de aula, sua paixonite pelo marido. Andrea sabia de tudo. Até gostava do ciúme que sentia. É bom ter algo que outros desejam. Além disso, também acreditava que isso aquecia seus sentimentos por Sava. Talvez, pensava, fosse essa a sensação procurada por pessoas que se envolviam naqueles jogos amorosos de troca de casais, ménages e relacionamentos abertos.

— Então, o que achou?

Sava mastigava outro biscoito de arroz. Fez sinal, apontando para a boca cheia, ainda mastigando. Tentava ganhar tempo. A esposa já tinha o livro. Bem... um problema em curso é um problema a menos na fila de problemas, tentava se consolar.

— Ahn... — suspirou — Acho que concordo. Não há muito o que discordar. Exceto que, cuidar também é uma forma de agradar. Pessoas que se sentem cuidadas devem se sentir agradadas.

— Você se sente...

"Não pergunte. Não pergunte."

— ... assim? Sente-se como um objeto?

“Droga!”

Sava olhou para o pote de talharim mais uma vez. Sim. Achatado, enrolado, seco.

— Ahn... Eu... sim, às vezes... Como... — Sava interrompeu a resposta, apontando, assustado, para o fogão.

Andrea se voltou para as panelas aquecidas, esperando encontrar alguma chama acesa, esquecida, ou outra desatenção. Mas, não. Estava tudo em ordem.

Voltou-se para Sava com olhar desentendido.

— Nada... Pensei que a chama estivesse acesa. Bem... eu me sinto assim, na faculdade. Na faculdade, sim. Exatamente como te contei. Usado.

— O jantar está pronto.

Andrea fechou o livro, desligou a TV e serviu o marido.

Jantaram sem tocar mais no assunto.

* * *

Sava tirou o maço de Lucky Strike do bolso do paletó que descansava pendurado no cabideiro. Não tinha o hábito de fumar antes de dormir, mas estava preocupado. Preocupado e curioso. Confuso, também.

Sava suspirou ao mesmo tempo em que soltava uma baforada pela janela do escritório. Havia prometido a Andrea que não demoraria. Dissera que queria organizar algumas coisas para o dia seguinte. Na verdade, queria evitar que a conversa sobre o livro de Elisa continuasse na cama. Sabia que, assim que a esposa estivesse dormindo, poderia ir para o quarto em segurança. Mas, sobretudo, queria ler mais seu livro e entender a situação. Entender-se, afinal.

De certa forma, não deixava de ser mentira a desculpa que dera a Andrea. Estava “organizando algumas coisas”.

Era certo que amava conversar com Elisa durante as aulas; amava ler seus e-mails, poemas, crônicas e contos. O que mais? Era o prazer de ensinar e ver os frutos disso? Era admiração, encanto, amizade ou algo mais?

Recordou-se do amigo dos tempos de escola — Leandro Varela. Segundo ele, amar era uma "decisão racional". Ainda que inconscientemente, haveria alguma lógica por trás do sentimento. Na escola, quando adolescente, Varela se apaixonou por Nádia no dia em que soube que ela o amava. Ela era bonita, tímida e quase invisível por trás de seus óculos sisudos. A descoberta de que ela gostava dele o fez "racionalizar" sua condição. Nádia? Por que não?

Sava também racionalizara a sua, quando soube dos sentimentos de Elisa, mas não havia concessões a serem feitas. Era sua aluna. Alguém com quem ele não devia ter relações além de acadêmicas e profissionais. Acima de tudo, era casado. Bem casado! Andrea fora sua namorada no colegial, seu primeiro amor. A garota de quem todos gostavam, inclusive o Varela — até ele se apaixonar e começar a namorar com Nádia.

Haviam passado por tantas coisas. A separação após o fim do período escolar e a mudança de cidade. Então, Andrea se envolveu com o pai de Lucas e vieram os anos de distanciamento, até que voltassem a se encontrar.

Tudo mudara depois daquele e-mail de Elisa, no qual ela cobrava explicações pela falta de respostas de Sava. Aquilo cheirava a toxicidade. Ele não gostava de cobranças. Fazia de tudo para não merecê-las e odiava aquelas que fossem indevidas. Discerniu, a partir da situação, que Elisa era uma mulher carente, que projetava nele a satisfação de suas necessidades e, ao primeiro sinal de que seus sentimentos não estavam sendo correspondidos à altura, reagiu de forma surpreendentemente agressiva.

Respondera, polidamente, que sim, gostava de estar com ela e sentia sua falta quando ela não aparecia. Sentiu ainda mais depois que ela parou, definitivamente, de acessar a plataforma das aulas do curso de literatura. Por essa época, Elisa já havia concluído seu módulo e não tinha dinheiro para pagar os próximos. Seu pequeno empreendimento — a banca de revistas — havia sucumbido à modernidade, e ela vendera o ponto comercial. Seguiram-se meses em que só se falavam por e-mails, com esparsas respostas da parte dele.

Então, numa aula, o nome "Elisa" apareceu entre os alunos, mas não era ela. Outra aluna de mesmo nome havia acessado a aula virtual. A câmera estava desligada, então Sava não pôde vê-la. Sorria de orelha a orelha, pensando ser "sua" Elisa. Estava preparado para apresentá-la aos demais alunos. Depois, ao notar que era outra pessoa, sentiu-se estúpido por estar sorrindo sem razão aparente. Isso era amor?

Usou o episódio constrangedor como desculpa para voltar a escrever para ela. Contou-lhe do ocorrido e, logo em seguida, acreditou ter avançado um limite perigoso. Isso poderia ser considerado um flerte. "Estava preparado para recebê-la com um sorriso largo, mas infelizmente não era você. Fiquei ali, sorrindo como um idiota para alguém que não estava lá." Ele era um professor. Esse tipo de contato, fora do âmbito das aulas, não era recomendado. E se Andrea visse esses textos? Ela sabia de Elisa. Era sua melhor e mais aplicada aluna.

Ela não era, exatamente, atraente no começo. Mas, com o tempo e a convivência; com as interações em sala, as trocas de e-mails, as reflexões profundas em que se via imerso — tudo isso fez da aparência física algo irrelevante. Ou, melhor dizendo, fez com que Elisa fosse se tornando mais madura e, sim, mais bela.

Bem verdade que ela, logo depois daquele primeiro encontro na banca de revistas, emagreceu rapidamente. Brincava dizendo que estava numa "trieta", já que "dietas" não vinham funcionando mais. Sorriu ao lembrar.

Depois do e-mail enviado sobre o episódio da "falsa Elisa", Sava achou que seria recomendável não mais escrever, mas aquele último contato afetou Elisa de alguma forma, suspeitava. Ela passou a escrever-lhe regularmente. Mas Sava não respondia como antes. Alegava estar muito ocupado — e não era mentira —, mas, antes, sempre encontrara tempo para responder. Agora era diferente. Não podia levar aquilo adiante. Estava mexendo com os sentimentos da garota e não podia retribuir. Tornou-se lacônico nas respostas, frio no trato. Fingiu indiferença — e sentiu-se mal por isso também. "Não é ghosting", justificou-se. "É que ando muito ocupado com o doutorado", escreveu. E, então, parou de escrever. Mas, ainda assim, Elisa continuava. Como se cada e-mail, cada carta deixada em seu escaninho na sala dos professores, fosse um apelo e uma tentativa de trazê-lo de volta à rotina de corresponderem-se. Dizia entender a falta de tempo do professor, mas, mesmo assim, desejava compartilhar. Desde que soubesse que estava sendo lida, se satisfaria. E falava dos mais variados assuntos. De amor, espiritualidade, identidade e, claro, literatura. Como quando escreveu sobre suas impressões após ter concluído a leitura de *O Hotel Branco*, de D.M. Thomas. Recomendação dele, inclusive. Escrevera até mesmo sobre como coisas insignificantes só deveriam ser ditas a pessoas relevantes. Sava amou o texto à época. Amou. Lá estava o sentimento de novo. Teria ela publicado essa carta também?

Sava apertou a guimba do cigarro no cinzeiro, sorriu, abriu sua maleta e tirou de lá o livro. Abriu-o, vasculhando com o dedo o índice enquanto lia, baixinho, os títulos dos capítulos. Ali estava! "A importância das coisas desimportantes". Seria esse?

DÉCIMA QUARTA CARTA
A importância das coisas desimportantes

Querido Professor Ivanovic,

Eu estava lendo algumas cartas antigas que você me escreveu e percebi que, de vez em quando, você se desculpava por falar coisas irrelevantes. É engraçado, mas acredito que só dizemos coisas sem importância para as pessoas que achamos importantes. Se você quer saber o quanto é importante para alguém, pergunte a si mesmo quantas coisas triviais já ouviu dessa pessoa. Então, tomei seu jargão como um troféu para mim.

A insignificância das coisas que decidimos compartilhar cria uma exclusividade paradoxal. Tolices não são contadas apenas para amigos, é claro. No entanto, não nos condenará, porque seu senso crítico serve menos para nos censurar e muito mais como uma peneira na qual submetemos nossos pensamentos mais vãos.

De uma forma ou de outra, um amigo é um espelho íntimo no qual não nos envergonhamos de nos ver refletidos, mesmo que — ocasionalmente — seja necessário dizer: "Desculpe por tomar seu tempo com algo tão sem importância." Muitas vezes, tal afirmação é como um desejo — disfarçado de pedido de desculpas — para ouvir o confidente dizer: "Por favor, vá em frente. Conte-me mais."

Se alguém lhe diz coisas sem importância com frequência, ele também pode ser um tolo. Ou ele pode gostar muito de você. Ou, até, ele é um tolo que gosta muito de você.

Ansiosa para ouvir coisas sem importância vindas de você.
Lis

Sava acendeu outro cigarro. Um gesto automático, como se tentasse acender uma luz em sua mente. O Lucky Strike entre os dedos, a fumaça se esparramando janela afora, se desfazendo como seus pensamentos.

Olhou para o paletó pendurado. Vazio dele e, ainda assim, cheio de sua identidade. Era um professor universitário.

Passou a mão pelo pescoço para tirar a gravata. Sua gravata

borboleta. Seu adorno inseparável. Que tolice! Andrea já a havia tirado. Esquecera-a no sofá, muito provavelmente.

Não era a gravata ou o colarinho que o sufocavam. Maldição! Será que tudo ali era metáfora? Potes com talharim, cigarros, fumaça, paletós e gravatas. Tudo tinha que significar alguma coisa? Até parecia que ele estava vivendo dentro de um livro — e não apenas como inspiração de um!

Voltou à leitura. Só mais um capítulo. O último de hoje.

Olhou para o relógio. Não era mais hoje. Já era a madrugada de um novo dia. O próximo capítulo já seria o primeiro do dia. Que fosse, então.

SÉTIMA CARTA
Por que Deus não nos responde?

Querido Professor Ivanovic,

Hoje, gostaria de falar sobre algo que conversamos em nossa última aula. Sei que conversamos muita coisa, mas me refiro à sua ansiedade sobre os exames finais do seu mestrado. Tenho algo a compartilhar. Não é uma solução. É mais um ponto de partida, uma diretriz. É algo que também estou tentando usar na minha situação.

Para entender meu ponto, por favor, deixe-me falar um pouco sobre Deus. É muito simples entendê-lo. É fácil porque Deus age como um bom pai age. Na verdade, estamos sempre reproduzindo (até certo ponto) o comportamento de Deus no nosso relacionamento com os nossos filhos — ainda que eu fale sem ter tido a experiência da maternidade, mas como filha de pais amáveis.

Imagine, por exemplo, uma criança pequena, perguntando ao pai coisas como: "Papai, você sabe onde estão meus chinelos?" ou "Papai, como faço para abrir isso?"

Quando ela for mais velha, também perguntará: "Papai, você pode fazer minha lição de casa hoje? Eu simplesmente não consigo". Se nós, pais, não agirmos rapidamente para corrigir essa falsa (e prejudicial) dependência, chegará o dia em que ela dirá: "Pai, você pode pagar minhas contas?" ou "Ei, você pode pagar minha fiança? Fui preso".

Meu ponto principal é que, na maioria das vezes, a própria criança pode procurar o que perdeu. Na maioria das vezes, ela sabe abrir, fechar, ligar ou desligar alguma coisa; amarrar os cadarços do calçado ou organizar a bagunça do quartinho.

Uma vez que ela aprenda, a partir da nossa "omissão amorosa", também saberá fazer a lição de casa e, mais velha, como pagar as contas, como sair dos problemas — ou, melhor ainda, como não se meter neles!

O bom pai não nos dará as respostas prontas, mas nos ensinará e depois nos incentivará a sermos independentes e a encontrar as portas de saída. Nós, humanos, fazemos isso com nossos filhos. E agimos dessa forma porque estamos reproduzindo um padrão superior (e muito mais perfeito). Deus nos trata assim.

Pode parecer paradoxal — e é —, mas as pessoas que não acreditam em Deus tendem a agir de uma forma muito mais racional e ponderada — tal como Deus quer que sejamos!

Você consegue imaginar isso, professor? Deus nos dizendo: "Filhos, olhem esse agnóstico. Agora façam o mesmo! Sigam o exemplo dele!"

Eles (os agnósticos) fazem isso precisamente porque não "apelam" a um ser inexistente. Porém, não é preciso pensar que meu pai terreno não existe para tornar possível minha independência dele. Pelo contrário! Seus primeiros passos, quando você era criança, só foram possíveis porque havia alguém lá! Alguém com os braços abertos para te apoiar caso você corresse o risco de cair.

Essa sensação de segurança — que é a presença paterna — coopera para a nossa coragem, para a nossa intrepidez, para que possamos correr os riscos. É bom ter alguém para nos ajudar se tropeçarmos e cairmos.

Tudo o que estou lhe contando é algo que funciona para mim. Espero que funcione para você em alguma medida. O que quero dizer é: as soluções para as questões que estão surgindo — como você disse — estão em você. Ouça seu pai dizendo: "Filho, você sabe onde estão seus chinelos. Vá procurá-los. Você sabe como montar esse quebra-cabeça, sem ajuda. Você pode. Faça."

Por que os pais agem assim? Por que eles não facilitam as coisas? É simples: ele querem nos ver triunfar "sozinhos". Porque a maior alegria de uma criança é dizer: "Consegui! Consegui sozinha!"

Por que Deus não responde? Talvez seu silêncio seja um convite à nossa ação, à nossa maturidade, à nossa capacidade de agir com base no que Deus disse antes de se calar.

Esperando pelo seu "Consegui!"
Elisa F.

Sava fechou o livro pela última vez naquela noite. Lembrou-se daquela mensagem e do que ocorrera a seguir. Sentira-se tão tocado que decidira contar a Elisa sobre a morte trágica de seus pais. Ela se sentiu mal, culpada por ter tocado no assunto e, talvez, disparado um gatilho mental de sensações e lembranças desagradáveis, mas não.

Sava sorriu, guardou o livro e voltou para o quarto. Andrea dormia profundamente e sequer se moveu quando ele se deitou, exagerando no cuidado para não acordá-la. Por essa noite, evitaria a conversa sobre o livro, mas sabia que não poderia adiá-la indefinidamente.

* * *

Àquela primeira noite insone seguiu-se outra. Todavia, não pela pressa de ler tudo a tempo de preparar-se para uma inevitável confrontação com a esposa. Andrea não o confrontou. No dia seguinte àquela primeira noite, ainda durante o café que tomavam juntos antes de seguirem ao trabalho por caminhos opostos, conversaram amistosamente. Andrea tomou a iniciativa, tornando tudo mais fácil. Ela sabia que Lis era Elisa. Portanto, era a voz de Elisa na rádio, na entrevista que Andrea acompanhava quando Sava chegou. Ele não havia reconhecido a voz. Era um timbre diferente, quase uma identidade diferente.

Enfim, nem cobranças, nem recriminações. Já haviam tido essa discussão antes. Foi quando ela mesma sentenciou: Elisa está apaixonada por você. Sava negou. Bobagem. Devia ser só o amor comum pela literatura, a alegre surpresa do encontro com alguém que a entende e completa. "Isso é amor, Sava", Andrea falou na época. Nem assim demonstrou ciúme ou preocupação. Ela também já havia passado por algo semelhante. Alunos e alunas apaixonados por seus professores. Quem nunca?

Andrea também lia o livro, achando divertido ter ao seu lado a "musa inspiradora" dos textos. A postura blasé de Andrea, depois de Sava ter confirmado que, sim, Lis era Elisa e o Professor Ivanovic do título era ele mesmo, não o surpreendeu de todo. A companheira era liberal em questões de comportamento. Segundo ela, fidelidade e sentimento deviam caminhar juntos e não serem uma obrigação matrimonial. Se o sentimento não sustenta a fidelidade, nada mais o faria.

Não custou a Sava admitir que seu receio vinha menos da reação ciumenta de Andrea e mais, muito mais, de sua própria admissão de que ele havia se envolvido também. Estava apaixonado. Diria que platonicamente apaixonado — embora isso contrariasse a tese de seu amigo, Varela, sobre o amor: a de que a possibilidade é o combustível da paixão. Não haverá a última sem a primeira. Amar é questão de lógica, de probabilidade. Razão pura.

Assim, manhãs e memórias; tardes e textos; noites e nostalgia se seguiam e intercalavam-se num fluxo constante e, agora, desfeita a pressa, totalmente prazeroso. Enquanto lia, Sava sentia que o tempo pagava tributo a Einstein, dilatando-se e corrompendo a noção de sua fluidez e duração do mesmo modo que o físico alemão descrevera. Olhava o relógio e sempre se surpreendia. Lera, o quê? Dois capítulos no máximo! Mas, sem a pressa ansiosa de quando encontrara o livro, a leitura assumia um fluxo quebradiço que se partia em pedaços atômicos — mínimos e explosivos — onde até mesmo palavras e expressões carregavam lembranças, significados e longas pausas reflexivas.

Lia e relia trechos, avançando pouco para preservar o restante, como um doce pequeno e saboroso, como uma *halva* que não se quer comer de uma vez, mas ir saboreando aos poucos — ou uma crocante *orasnice* que derrete na boca. Essa era a sensação de quando recebia os e-mails e cartas de Elisa. Um sabor que se aguçava tanto mais ia chegando ao fim.

Para as cartas, reservava o fim do dia, a calma da noite, para ler com a devida atenção. Não, não era atenção, apenas. Era mais. Era... devoção, achava. Os textos de Elisa eram um espelho no qual gostava de se ver. Eram textos escritos inspirados em suas aulas, em suas falas — muitas vezes, em provocações iniciadas por ele. Sentia-se honrado em ser parte daquilo. Sentia-se modificado, também. Os textos o afetavam.

Comparava o texto do livro com as cartas originais, guardadas em segurança junto aos textos manuscritos de seus alunos e aos e-mails salvos numa pasta codificada. Lia atentamente, comparando e percebendo sutis alterações. A pressa do primeiro dia, o medo e a ansiedade em relação à reação de Andrea haviam dado lugar à curiosidade e à nostalgia.

De qualquer forma, estava tudo ali e, pela espessura do livro e pelos títulos das cartas, havia bastante material inédito. Textos escritos posteriormente, apenas para o livro, ou provindos de cartas que ele deixara acumular em sua caixa postal até serem devolvidas ao remetente. (*Elisa, lembre-se de pesquisar sobre isso*)

Por sinal, havia trechos inéditos ou modificados em cartas já lidas, como a interpolação no primeiro capítulo do livro — "A primeira carta" — que não se encontrava no texto original da carta que Elisa lhe enviara contando do blog e de seus primeiros textos. Ela havia mencionado o título do blog — *"Returned to Sender"* —, mas não havia mencionado uma carta enviada a alguém "que amava" e que retornara com o carimbo *"destinatário desconhecido"*. Aquilo era novo e soava como um recado. Era dele que se tratava. O livro era uma coleção de cartas destinada a ele, uma declaração pública de seu amor por ele, ainda que não explícita.

Tinha em mãos a carta original, retirada de uma maleta antiga onde guardava material acadêmico — de quando ainda se imprimia material acadêmico. Releu-a, buscando confirmar a suspeita. Bingo! Exatamente como supunha. Não havia referência a um "amor" que não havia respondido sua carta. "Professor, gostaria de ter sua permissão para publicar as cartas que lhe enviei [...] Escreverei tudo que tenho vontade de dizer, mas que, durante as aulas, não é possível. Mesmo as cartas que lhe escrevo são insuficientes e não quero incomodá-lo com tanto conteúdo [...] O senhor, tão ocupado, tantos afazeres..."

E ele lhe havia dito — de novo — que não se preocupasse, que não lhe incomodavam seus textos, pelo contrário, mudavam seu dia. "Que alegria ao encerrar meu dia! Rima não intencional." Não era mera polidez; ele realmente gostava de ler as cartas — e gostava do que lia.

* * *

Sava Ivanovic não tinha filhos. Tranquilizava-o a firme decisão de Andrea de também não ser mãe de novo. A maternidade, para ela, fora uma experiência única em mais de um sentido. Amara ser mãe e amava Lucas, mas não sentia necessidade de outra experiência, a não ser que Sava fizesse questão. O filho único de seu relacionamento anterior vivia com o pai no litoral, para alegria de todos.

Para Sava, não ter e não querer filhos era uma questão que acreditava ter raízes psicológicas profundas. O medo da morte o perseguia e o confrontava. E se ele faltasse ao filho, como lhe faltara o pai? O mundo parecia hostil demais para uma criança crescer órfã.

Também o amedrontava o tipo de filho que teria. Seria a educação dele e de Andrea suficiente para incutir no pequeno valores permanentes que lhe garantissem uma conduta reta e constante? Ou conflitos ancestrais, trazidos em seu DNA, poderiam transformar seu filho num indivíduo belicoso?

Agora, após o episódio da surpreendente volta de Elisa à sua vida, considerava que um filho traria mais densidade à sua relação com Andrea. Isso — e uma cerimônia religiosa, votos e alianças. Viviam juntos e viviam bem. Não fizeram questão do casamento tradicional. Curioso que isso agora parecesse tornar seu vínculo mais frágil. Parecia tentadoramente mais fácil desfazer uma relação na qual não se tivesse prometido, diante de Deus e de testemunhas, fidelidade permanente até a morte.

A consideração dessas coisas o incomodava e envergonhava.

Pensar em criação de filhos, família e relações conjugais o fez recordar-se de sua discussão com Elisa, sobre o livro *Precisamos Falar Sobre Kevin*.

Uma aula atípica, aquela. Problemas técnicos da plataforma fizeram quase todos os alunos desistirem de esperar uma solução. Todos, exceto Elisa. Ela permaneceu até que uma solução paliativa fosse oferecida pelo professor. Ao invés de uma videoaula, teriam um chat para discutirem o tópico do dia.

Tinha a aula gravada, lembrou-se. Abriu o notebook, pouco se importando com a hora de sair para o trabalho. Dali a pouco, Andrea estaria pronta, com uma xícara de café forte, uma fatia de pão integral tostado com uma camada de geleia de morango ou mirtilo e uma fatia do delicioso queijo branco brasileiro. Então teriam uma rápida refeição, conversariam brevemente e tomariam, cada um, seu caminho.

Mas Sava não era do tipo que deixava desejos em modo de espera. Achou o arquivo enquanto afivelava o cinto. Abriu-o e, enquanto carregava, ajeitou a gravata borboleta. A imagem congelada de Sava apareceu na tela e, segundos depois, apenas o áudio fragmentado — e finalmente a conversa que tivera.

Elisa: Oi, Sava.
Sava: Acho que temos alguns problemas.
Elisa: Problemas com o microfone.
Sava: OK, Elisa. Mas posso te ouvir.
Elisa: Oi? O que você disse, Sava? Você está congelado...
Sava: Nossa, você também. Tente não usar a câmera, ela consome muita internet.
Elisa: O som está cortado. Vá para o e-mail ou use o chatpod.
Sava: Eu posso te ouvir. Vou escrever, então.
Elisa: Mas eu não consigo te ouvir. Que tal atualizarmos as páginas?
Elisa: He... ho... hip... li... to... be... fiv... fer. É assim que estou te ouvindo...
Sava: Hahaha...
Elisa: Não quero perder o que você está dizendo. Você poderia escrever no chat enquanto eu falo?
Sava: Boa ideia, Elisa. Vamos fazer assim.
Elisa: E a qualidade do som agora? Eu não consigo te entender...
Elisa: Sava, você pode me ouvir? Eu te ouço perfeitamente bem... Muito estranho.
Sava: Elisa, então, você quer fazer um monólogo, hã?
Elisa: Não. Isso não é um monólogo. Eu vou falar e você vai escrever. Ainda é um diálogo! Hahaha...
Sava: Claro, sem problemas. :) Estou brincando. Vou digitar. Vá em frente.

Elisa: Ok. Eu preparei algo. Fiz algumas anotações sobre o filme e o livro. Pena que não posso te ouvir, porque tenho muitas coisas para dizer, mas pelo menos posso ouvir sua risada. Eu consigo entender, mesmo que o áudio esteja picotado. Hahaha...

Sava: (rindo)

Elisa: Ok. Então, o que vem primeiro? O filme ou o livro?

Sava: O filme. Vamos falar sobre Kevin.

Elisa: Tá bem. Primeiro de tudo, foi o primeiro filme... foi a primeira vez que eu senti... não sei como dizer... senti que ia vomitar.

Sava: Era isso que eu esperava...

Elisa: Me deu ânsias de vômito. Desculpa.

Sava: Sim.

Elisa: É um filme fantástico. Acho que é uma lição sobre como contar uma história visualmente. Não sei se o diretor merece todos os méritos, ou talvez o storyboarder, porque a forma como eles contam a história é ótima. As cenas, os planos, são como peças de um quebra-cabeça que o público tem que montar para entender. Também gostei que os cronogramas sejam misturados e confusos.

Sava: Lamento não estar familiarizado com as técnicas de filmagem, mas aprecio muito a forma como o filme foi construído. Os flashbacks, a confusão...

Elisa: O filme é perturbador, mas como obra de arte é excelente. Mereceu todos os prêmios que teve. Merecia ter sido premiado com um Oscar — o filme, o diretor e todo o elenco. Boas interpretações e diálogos bons e minimalistas.

Sava: Sim.

Elisa: Também gostei da cor vermelha. O vermelho está em todo lugar no filme. Funciona como uma metáfora, eu acho.

Sava: Exatamente.

Elisa: Eu também tinha outra pergunta pra você. Quando estava assistindo ao filme, fiquei me perguntando: "Por que o Sava assistiu esse filme mais de uma vez?" Ele gostou mesmo? Assistir duas vezes é doentio.

Sava: Sou filho do modernismo, sou fascinado pela psicopatologia. Hahaha... Eu acho. Só um segundo.

Elisa: Também gostei do título. Precisamos Falar Sobre Kevin é uma mensagem para os pais, para a sociedade, para os EUA — sobre como lidar com essa situação. Como evitar que alguém que é psicopata se torne um assassino, um atirador.

Sava: Sim, acho que o filme é muito chocante para os pais, mas também muito importante. Quanto você está envolvido na criação do seu filho? É a natureza ou a criação que forma a criança?

Elisa: Aparentemente, esquecemos que os psicopatas nascem — que foram crianças em algum momento da vida.

Sava: Meu amigo, também professor, está convencido de que é o complexo de Édipo. Mas sou mais a favor da teoria de que a criança já nasce assim. Além disso, está provado que psicopatas nascem psicopatas.

Elisa: Eu também tinha essa pergunta. Quando assisti pela primeira vez, pensei: "Por que o Sava assistiu isso mais de uma vez?" Não conseguia entender. Mas agora entendi.

Sava: Hahahahaha

Elisa: O engraçado é que vou assistir de novo. Porque a primeira vez é tipo: "O quê?!", e a segunda vez é: "Ah, agora entendi."

Sava: Sim. Meus amigos me chamam de doente por gostar

desse tipo de filme. Na verdade, gosto de estar no meio dessas duas teorias, mas se tiver que tomar uma posição, escolho a natureza. Afinal, Freud provou que a cultura não tem um efeito infinito sobre nós.

Sava: São muitas coisas para dizer...

Sava: É fácil usar termos como "complexo de Édipo" etc.,

Sava: Mas sabemos pouco sobre eles.

Sava: E quem disse que Freud estava certo em todas as teorias?

Elisa: Sim. Já discordei dele. Hahaha...

Sava: Jung tinha um conjunto de teorias muito interessante.

Sava: Você deveria ler a opinião de Jung sobre literatura.

Elisa: Ah, é mesmo? Eu gostaria de ver...

Sava: É. Acho que você vai adorar. É completamente oposto ao Freud. De qualquer forma... não se gabe de assistir Kevin várias vezes.

— Babe? — era Andrea. — O café está pronto. Fiz panquecas hoje.

Sava fechou o laptop e o colocou na mala. Vestiu o paletó e deu uma última olhada no escritório para certificar-se de não ter deixado nenhuma carta de Elisa à vista, ou nada incriminador. De qualquer forma, preocupava-se cada vez menos. Andrea demonstrava zero ciúmes, nenhuma desconfiança e completa compreensão. Elisa era apenas a escritora sonhadora, padecendo de uma paixonite pelo marido. Nada mais.

Depois de dias de sentimentos mistos — tensão e excitação, medo e curiosidade —, naquela manhã, Sava Ivanovic sentia-se alegre, quase radiante. Solar.

— Sim, alma. Estou descendo. Panquecas? Não tem pão? — gritou em resposta.

Sava desceu as escadas rapidamente, assobiando uma canção popular sérvia.

— "Chá para Dois"? — perguntou Andrea, assim que o marido entrou na cozinha, tentando identificar a melodia.

— Chá? Mas e esse cheiro de café? — espantou-se Sava.

Andrea riu da confusão.

— Não, Babe. Estou falando da canção que você está assobiando. Não é "Chá para Dois"? Não sei dizer o nome em sérvio, por mais que você me ensine.

Sava colocou a maleta sobre a cadeira, beijou a esposa e recebeu a xícara de café fumegante.

— Você está pensando em "Čaj za dvoje". Não, amor. Essa é uma canção triste, melancólica. Um inverno solitário, uma pessoa tomando chá sozinha, desolada. Mas talvez sua mente tenha feito uma associação por uma referência cruzada entre as canções...

Sava assumiu um tom professoral, e Andrea sabia o que aquilo significava: distração e atraso. Mostrou o relógio de pulso, apontando para os ponteiros. O marido percebeu, assentiu como se concordasse, mas continuou falando, apenas acelerando um pouco o discurso.

— É que acho curioso — deu um gole no café —, acho curioso que tenhamos processos mentais absolutamente racionais e ainda assim misteriosos para nós, subconscientes ou inconscientes. Um plano de voo que se executa em modo automático, enquanto pensamos que estamos guiando a aeronave apenas por nossas decisões de momento. Essa canção, por exemplo, que eu estava assobiando — "Još jedan litar! e" — é melodicamente diferente, outro estilo, outra temática, mas também é sobre bebida. "Mais um litro!" diz a letra! — Sava riu e continuou: — Mas quem celebra com chá?

Andrea já terminava sua panqueca. Na TV, uma cena rápida de uma série de streaming, exibida numa reportagem sobre celebridades, chamou a atenção de ambos.

— "The Last of Us". Ótima série. O que disseram aí na TV sobre ela? — perguntou Sava, dando outro gole.

— Não estava prestando atenção. Estava ouvindo você começando uma daquelas longas reflexões — riu e emendou: — Essa atriz me lembra sua aluna, Elisa — sinalizou Andrea com o queixo, apontando para a tela enquanto mastigava o último pedaço.

Sava, aparentemente, não se incomodou com a referência. Se percebeu que estava sendo testado por Andrea, não deixou transparecer. Apenas balançou a cabeça, num gesto que parecia indicar uma concordância parcial.

— Como ela está linda nessa entrevista! — continuou Andrea. — Na série, ela está bem diferente.

Dessa vez, Sava mordeu a isca.

— Estão num mundo pós-apocalíptico — justificou — ou, melhor dizendo, no meio de um apocalipse zumbi. Ela é uma sobrevivente. Não tem como ser linda.

— Pedro Pascal está muito bem, na minha opinião, como um sobrevivente num mundo zumbi — provocou a esposa, apontando para o relógio. — Vamos. Estamos em cima da hora.

Sava limpou a boca com um guardanapo, deu um último gole de café para acompanhar o final da panqueca. Andrea pegou a chave do carro, beijou o esposo e saiu na frente, rumo à garagem. Seguiram caminhos opostos, mas o tempo que levavam até o trabalho era quase o mesmo. Frequentemente tomavam café juntos e saíam à mesma hora. As conversas — e às vezes, as refeições — não eram finalizadas. Continuavam, porém, na mente de Sava, em diálogos imaginários. Talvez fosse isso o que mais o atraía em Elisa: os assuntos se aprofundavam, as conversas se diversificavam. Lembrou-se de, um dia, ter dito a ela que se sentia "emaranhado" em tantas e tão profundas reflexões. "Agora, como saio daqui, Elisa?"

Do momento em que abriu a porta do carro até abrir a da sala de aula na faculdade, sentiu-se da mesma forma: imerso em pensamentos dos quais não conseguia se livrar.

Sim, Andrea tinha razão. Elisa e Bella Ramsey, a atriz principal da série comentada momentos antes, se pareciam. Devia ter o quê? Dezenove? Vinte anos no máximo? Elisa já passara dos trinta, mas havia, sim, semelhanças. Um ar de fragilidade e inocência quase infantil; uma beleza atípica, que se revela ao longo dos episódios.

Sava realmente estranhara a escolha daquela atriz ou, talvez, devesse ser mais sincero consigo mesmo: achara-a feia, a princípio, nada parecida com a personagem do jogo que dera origem à série. Mas por que aquilo o incomodara, para início de conversa? Havia ali algo poderoso, significativo. Algo que Elisa, certamente, teria usado como assunto numa carta. Ela diria sobre o estranhamento necessário — pedagogicamente necessário — para nossa educação para a diversidade. Estamos viciados em estética, diria. Viciados num padrão de beleza, imposto por repetição sistemática. Os mesmos rostos nos filmes, nas séries, nos comerciais, nos anúncios; nas revistas, nas bonecas e brinquedos. Como não repudiar o diferente? Nos moldamos à mono-beleza que consumimos, cobiçamos e tentamos reproduzir.

Bella — ou sua personagem, Ellie — a esquisita, a atípica. A crítica, a comparação, o juízo, o preconceito, virando repúdio. Mas então, subitamente, traços novos sendo apresentados, características físicas sendo moldadas, realçadas, transformadas pela índole, até que, ao fim da temporada, a admiração se tornasse plena, sincera e lógica. Sim, lógica! Ocorreu o mesmo com Elisa ao longo das aulas. As características admiráveis da personalidade subverteram a impressão do primeiro encontro — superficial, estigmatizada, estereotipada num único padrão de beleza. Bella.

Sava suspirou ao mesmo tempo em que o sinal abrira. Por sorte e hábito, fazia o trajeto de forma quase automatizada, mas sua mente ia longe, sem semáforos ou placas de “pare”.

Havia um conceito sobre isso. Como era mesmo o nome? Exposição gradual? Admiração por repetição? Não lembrava. Mas era algo estudado e comprovado: um mecanismo do comportamento humano que molda nossa percepção, ampliando nossa visão para valorizar dimensões mais profundas ao mesmo tempo em que modifica nosso estranhamento inicial, tornando aquele rosto belo e os defeitos, inexistentes.

Outro semáforo, fechando justo quando Sava se aproximava. Era o mais demorado de todo o percurso.

Não é assim também com a música? Repelimos o diferente, o novo. Às vezes, mesmo vindo de um artista de quem já gostamos. Quantas vezes — lembrou-se — dissera não gostar do Bijelo Dugme, considerados os Beatles da Iugoslávia? Tinha a sensação de ouvir uma banda diferente a cada música, tamanha era a variedade de estilos que apresentavam. Sava havia deixado sua terra natal quando a fase áurea do grupo já havia passado e, justamente, quando, adolescente, começava a formar seu gosto musical. Com o tempo e a repetição (por insistência dos primos), passou a adorar a banda. Versáteis, inovadores, criativos. Chegara a viajar para o show de comemoração dos 30 anos, inclusive.

Do lado de fora, uma moça ofereceu protetor solar.

— Juro que compro da próxima vez! — prometeu Sava, sorrindo amarelo para a vendedora que passava entre os carros, alertando sobre os perigos da exposição solar.

"Efeito de mera exposição!", lembrou. Esse era o conceito!

Buzinou, abriu a janela e sinalizou para a vendedora, que voltou correndo com o protetor na mão e a maquininha de cartão.

— Quero um! Crédito, por favor — sorriu, agradecido.

Efeito de mera exposição. Não há feiura, há pouca exposição. Não falta beleza, falta proximidade. Ele era prova disso. Nunca havia conversado com uma mulher negra até conhecer Andrea — e por ela se apaixonar. Acreditou, por um tempo, que o Brasil era uma democracia racial — tão diverso, colorido e diferente era de seu país. Enganara-se, como o tempo mostrou. Aqui também, a beleza não branca era escondida. Exceto, talvez, uma vez por ano, no carnaval. Mas aí, associada e explorada como objeto de consumo.

* * *

O sinal abriu. A vendedora ainda organizava os trocos na calçada, e Sava deu partida, seguindo pela faixa da esquerda. As coisas mudavam e Sava celebrava a mudança. Ser casado com uma mulher negra não o tornava "não racista". Com Elisa, aprendera que o racismo estrutural não é estruturado no sistema apenas, é uma estrutura mental, um padrão de consumo, apreciação e valor que determina — sub ou inconscientemente — nosso comportamento preconceituoso.

"O racismo, para uma pessoa branca como eu, deve ser considerado como o alcool para um frequentador do A.A. Nunca podemos considerar que estamos livres do risco", dizia ela. E citou seu próprio preconceito ao perceber que quase não tinha livros de autores negros. "São a minoria em minha estante", confessou. Nem livros com personagens principais negros, disse. E, então, recomendou o livro de um autor brasileiro... Alessandro... Alessandro alguma-coisa, que só revelou a cor de uma personagem na metade final da estória, fazendo com que ela — Elisa — e seus amigos do Clube do Livro, todos, se surpreendessem (alguns, negativamente).

"Por que a surpresa?" perguntara. Porque não estamos acostumados à personagens negros, a protagonistas negros. Idealizamos o personagem (quando ele não é descrito fisicamente) conforme nossa mentalidade "estruturada" se acostumou a ver e ler. "Você já teve que 'pintar' a pele de um personagem, professor?", perguntou depois de compartilhar a estória com a classe. Ler parte da estória com uma imagem, para, depois saber que a pessoa era diferente. Isso a fazia pensar. Para Elisa (e Sava concordava nisso) não havia sido desatenção do autor, ou falha de revisão. Era proposital. A intenção era chocar para chamar a atenção.

O assunto a inspirou num título para um futuro livro sobre o assunto, anunciara, eufórica. O título seria: "Não Esperava Que Fosse um Negro". Um livro de crônicas, talvez. Ou de contos. Estórias diversas onde sempre houvesse essa frase, esse espanto. Um filho que nasce negro, o namorado da filha, negro; o personagem principal negro; o chefe negro; o escritor de sucesso, o empresário rico. Ou o motorista daquela Maserati Modena que ia passando ao lado do carro de Sava.

"Mas será um livro destinado a ficar datado", disse. Sava não entendera. Inclusive a repreendera por isso. Não, não seria. Seria um livro atemporal, sempre necessário. "Não", insistiu ela. "Haverá cada vez menos surpresa, porque, cada vez mais haverá um protagonismo diversificado e plural. Então, ninguém mais se surpreenderá. Não viverei para ver essa realidade, mas meu livro se tornará o registro de um tempo em que isso começou a mudar." As coisas mudavam e Sava celebrava a mudança.

✱✱✱

Sava estacionou em sua vaga, olhou o relógio no painel do veículo. Cinco minutos para a primeira aula. Dispensaria o café na sala dos professores. Por falar em café, lá vinha o Denis.

— Bom dia, Iva.

— Bom dia, Denis.

— Você ficou sabendo do novo filme do James Bond?

Sava fechou a porta, ajeitou a gravata, e, andando apressado respondeu:

— O último do... como é mesmo o nome?

— Daniel Craig. Não. Não estou falando desse. O próximo filme. Dizem que o novo 007 será negro.

— Mesmo? — surpreendeu-se Sava, ao mesmo tempo que amaldiçoou-se em pensamento: "Jebiga!" Lá estava ela, a surpresa diante de um negro numa posição de proeminência.

— Idris Elba. Conhece? — Denis se aproximou do colega, acompanhando seu passo rápido.

— Sim, dos filmes do Thor. Não lembro de outro, no momento.

— Isso. Ele mesmo. 007, você acredita? Dizem que o novo Superman pode ser negro também. Olha, não sou racista, você sabe. Sabe o quanto eu e a Suzane gostamos da Andrea, do Lucas. Tenho amigos negros. Mas, parece algo imposto. Como se... não sei... Só sei que é um pouco desconfortável. Não me interprete mal.

— O que você quer dizer com "interpretá-lo" mal?

— Ora, você sabe. Não me tome por um racista, nazista, branco dominador. Nem sou tão branco assim.

— Esse é o problema, Denis — alertou Sava, enquanto subia o primeiro lance de escadas — pensar que ou se é "não racista" ou se é um "nazi-facista escroto". Há gradientes entre uma e outra coisa. Há nuances. Sei que você não é preconceituoso nesse nível de preconceito estereotipado de padrão Ku Klux-Klan, mas, parafraseando Hamlet, "prezado Horácio, há mais racismo entre o céu e a terra do que sonha a nossa vã filosofia não-racista". Continuamos essa conversa depois, certo? Temos que conversar mais sobre isso.

— Ok. Tudo bem. Acho que entendi, mas é só que, bem... Foi uma surpresa. Só isso. Eu não esperava que fosse um negro.

O restante do dia de Sava transcorreu como de costume em quase todos os aspectos de rotina. As aulas, o intervalo, o almoço. Tudo como sempre, inclusive com suas novas rotinas diárias, desde o aparecimento do livro: gente perguntando sobre como se sentia em ser a inspiração e razão de ser de um livro de sucesso e o nome de Elisa sendo dito, visto, lido ou ouvido em todo canto, a todo tempo. Desde o livro, já descobrira duas repórteres de TV, uma jogadora de basquetebol, uma de futebol, a atriz recentemente premiada num festival de cinema independente, a faxineira que conseguira eleger-se vereadora na câmara municipal da cidade, uma tradutora de romance, uma aluna membro do diretório acadêmico e, hoje, a motogirl que lhe levara uma encomenda de uma compra online. "Elisa", todas. A coleção aumentava a cada dia.

O destino, ou Deus, o alguma força superior parecia estar direcionando-o. Um fatalismo sorridente e convidativo, pedindo para ser aceito. Mas, bobagem, não era nada disso. Era apenas um truque mental. Sua percepção, aguçada pela situação, dando destaque a situações que, de outra forma, ele não notaria.

O único episódio excepcional foi Denis vir à seu escritório não para pedir café, mas para dar-lhe um aviso emergencial e, em seguida, pedir café.

— Iva, você vai me substituir no treinamento da nova plataforma de cursos online amanhã...

— O que houve? Não estava tudo acertado para você representar nosso núcleo?

— Não é culpa minha. Só estou te comunicando. Foi algo de cima. Acharam você mais qualificado.

— Eu? Mas eu nem gosto dessas tecnologias. Quer dizer, uso e... Enfim... Tudo bem, o que se há de fazer? Além do quê, amanhã era minha coordenação.

Denis torceu o canto da boca e levantou os ombros.

— Sinto muito, parceiro — fez uma pausa, como se esperasse um convite e adiantou-se, como se soubesse que o convite não viria — Tem um cafezinho?

❖❖❖

O evento era uma apresentação da nova plataforma que abrigaria os cursos online da EF Academy e a universidade onde Sava trabalhava. Como instituição parceira, esta deveria enviar um representante por cada um dos núcleos de estudos ofertados. Seria providenciado um transporte coletivo para todos irem e voltarem juntos. Um ônibus alugado pela universidade ou pela instituição organizadora do evento — algo assim.

No dia do evento, Sava chegou com resignada antecedência. Caminhou até o estacionamento. Visualizou o ônibus e muitas pessoas ao redor, outras já embarcando. Olhou, de novo, para o relógio. Estava adiantado, mas parecia que todos haviam chegado havia mais tempo ainda. Pela programação, o ônibus só deveria sair dali em meia hora. Talvez fosse mais um sinal das coisas voltando à normalidade, ao controle, ao padrão.

Era cedo ainda, pouco antes das 9h, e Sava não tinha ouvido nem visto, nenhuma vez, o nome de Elisa. Não mudara nada em sua rotina. Ouvira rádio na volta para casa, assistira TV de manhã enquanto tomava café com Andrea, viera até a faculdade ouvindo notícias, olhara — de propósito — listas aleatórias de nomes de alunos afixadas nos murais, anúncios de departamentos, nomes de palestrantes de eventos, homenagens a aniversariantes, escalas de lanche comunitário, listas de estudantes interessados em remanejamento de horários... e nada de Elisa.

Sava caminhava em direção ao ônibus com um sorrisinho de triunfo — da lógica sobre a superstição — quando, na hora do embarque, seu olhar se voltou para a placa do veículo que levaria o grupo ao hotel onde haveria o treinamento:

ELI5A90

Ficou ali, parado, olhando, olhando. Como o destino podia ser tão cruel?

O motor do ônibus tirou-o do estado catatônico. Piscou os olhos, assustado e ainda incrédulo, e correu para entrar no veículo. Era o último passageiro. Todos os demais já assentados, celulares à mão, poucas conversas... mas, de repente, sentiu-se observado, e um leve burburinho se fez ouvir. Estaria tão atrasado assim? Mas os olhares não eram de reprovação — eram de espanto. Cumprimentou alguns conhecidos e outros tantos desconhecidos também. Ora com um aceno de cabeça, ora com um sorriso, ora com a mão espalmada acenando, aos muitos que o notaram.

Sentou-se ao lado de uma senhora, professora da Faculdade de Artes, cujo nome esquecera. Pensara que seria o mais velho no grupo. "Tecnologia é coisa para jovens", pensou.

— Com licença, professora.

— Professor Ivanovic! Bom dia! Fique à vontade — disse ela, ao mesmo tempo em que se ajeitava no assento, como que liberando um ou dois centímetros a mais para o acompanhante.

— Obrigado! — Sava agradeceu, sentando-se com a maleta sobre o colo.

— Que bom que o senhor vai participar! — disse ela, com empolgação desmedida.

Sava deu um sorriso de canto de boca. Mais um esgar do que um sorriso. Não sabia bem o que dizer, afinal. Que diferença faria ele ou Denis? Sua participação era irrelevante.

— Na verdade, eu nem iria. Estou indo para substituir um colega — comentou, um tanto envergonhado. Iria desfazer o encanto indevido.

O ônibus já se movia e tomava a avenida em direção ao local do evento.

A senhora piscou os olhinhos e apertou-os, olhando para Sava como se ele tivesse falado algo em sérvio. Ele procurou certificar-se de que não. Não seria a primeira vez, mas já fazia bastante tempo desde a última.

— Quem poderia ir no lugar do senhor?

A conversa estava ficando cada vez mais estranha.

— Bem, a senhora sabe como é essa questão de recursos tecnológicos. Coisas para jovens. Eu até me surpreendi... — um alerta mental interrompeu sua sinceridade ariana de manifestar-se de forma preconceituosamente etarista, e ele refez a resposta: — Eu até me surpreendi de ter sido escolhido, porque o Denis é mais inteirado nessas coisas. A senhora deve usar a plataforma também, certamente. Todo mundo, hoje, tem que estar a par das tecnologias, não é? Não se vive mais sem. Mas, enfim, uma troca de última hora e, ordens são ordens... então, estou aqui.

A professora percebeu que falavam de coisas diferentes.

— Onde o senhor pensa que está indo, professor?

Sava olhou ao redor, pelas janelas do ônibus. Estavam no caminho certo. A professora não lhe parecera mesmo a pessoa certa para aquele evento. Estaria perdida. Tomara o ônibus errado, talvez.

— Ora, estamos indo para o treinamento. Para a simulação de uso da nova plataforma da EF Academy, para os cursos online do próximo semestre.

A professora riu largamente.

— Não este ônibus, professor — disse, ainda rindo. — Este ônibus está nos levando para participar de uma leitura coletiva do seu livro, *Querido Professor Ivanovic*, com a participação da autora, Lis Fonseca. Pensei que o senhor soubesse disso desde o instante em que entrou. Tenho certeza de que estou no ônibus certo. Não sei se o senhor reparou, mas o ônibus tem até a placa com o nome da autora. Ela mesma o enviou para nos buscar. O senhor não sabia desse evento?

⁂

O auditório estava quase lotado e imerso em um burburinho

contido de vozes entrecortadas, que se misturavam ao som abafado de cadeiras sendo ajustadas.

A comitiva das Faculdades de Letras, Artes e Educação entrou em fila indiana, orientada por funcionários locais uniformizados, os quais iam designando os assentos em fileiras intermediárias à direita do palco. Os professores iam tomando seus lugares, acomodando-se, observando a estrutura interna do auditório ou folheando pequenos panfletos do evento. Alguns, com o cotovelo apoiado sobre as pernas cruzadas, seguravam o queixo enquanto observavam o palco com expectativa. Muitos — muitos mesmo — tinham seu exemplar de *Querido Professor Ivanovic* pousado no colo, ou aberto para uma pré-leitura, mesmo sob a luz tênue e âmbar que trazia ao espaço um desejado clima intimista.

No palco, um banner com o nome do livro e da autora, cujas letras gravadas com elegância destacavam-se sobre um fundo escuro e discreto.

Sava Ivanovic acomodou-se na segunda fileira, os dedos pousados sobre o braço da cadeira, atento aos pequenos detalhes do ambiente. O palco estava limpo e organizado — uma mesa simples ocupava o centro, acompanhada por um pequeno copo d'água e um livro fechado ao lado. O microfone aguardava em silêncio sobre seu pedestal, e o reflexo das luzes desenhava um contorno amarelado sobre a madeira polida.

A autora, Lis Fonseca, por trás das cortinas, mas próxima o suficiente do palco para ser vista, conversava baixinho com um dos organizadores. Seus gestos eram fluidos, seguros, mas em seu olhar havia uma centelha de emoção contida. No auditório, um silêncio gradativo começou a tomar forma, como uma onda que se aproxima e se retira antes de um impacto esperado. O público ajustou as posturas; alguns olhares se voltaram para a entrada lateral, outros mantinham a atenção fixa no palco.

O momento da leitura estava prestes a começar.

Uma convicção desconhecida mantivera Sava com a comitiva e ali até agora. Não fugia a desafios e tinha um espírito aventureiro e impulsivo, que tentava equilibrar com sua lógica e senso de propriedade, mas lhe incomodava sentir-se pressionado ou tolhido — e a situação presente era um misto das duas coisas, que o deixava com sentimentos igualmente conflitantes. A única certeza fora não comunicar seu equívoco a ninguém, por enquanto. Pensaria em algo mais tarde.

Ainda no ônibus, tomara pé da situação: Lis Fonseca havia retornado à sua cidade natal depois de uma temporada de lançamentos no exterior. Enviara cortesias à Universidade Estadual para serem distribuídas conforme o critério do reitor. O reitor terceirizou a responsabilidade a um assessor qualquer, sem se dar conta de que a obra de sucesso internacional que tinha em mãos — e o convite para o evento no qual ela estaria — estavam intimamente relacionados a um membro de seu corpo docente. No ônibus, todavia, e em quase todo o campus, corria a notícia de que o "querido professor" do título só podia ser Sava Ivanovic.

Eva, a professora de cabelos grisalhos, gentil acompanhante de Sava na viagem, continuou ao seu lado — a pedido dele — também durante o evento.

No palco, a cortina se moveu e, sem apresentações, Elisa surgiu em um elegante vestido midi azul-escuro, cujo tecido fluido harmonizava com seu caminhar resoluto e tranquilo. Caminhou por toda a extensão do palco sendo aplaudida, sorrindo e saudando os presentes, parando para se deixar fotografar. Reconhecia pessoas próximas e respondia lançando beijos ou fazendo um coraçãozinho com as mãos.

Havia perdido peso. O cabelo solto, ondulado, esplendorosamente sedoso; a maquiagem leve, porém com destaque para os cílios bem marcados e proeminentes; e até mesmo os acessórios — uma bolsa preta de couro discreta mas elegante, um sofisticado par de brincos de ouro branco, uma pulseira fina de prata iluminando o pulso e um anel de safira combinando com o vestido — tudo isso, somado ao fato de ser a figura central daquele evento, tornava Elisa numa versão moderna da Cinderela, pensou Sava.

— Ela está linda — deixou escapar.

— Não está? — concordou a professora Eva.

— Eu a conheci antes, sabe?

— Sim, professor. Eu sei, e acho que todos aqui sabem disso também. Fico feliz que o senhor não tenha se incomodado de ser o assunto do livro dela.

— Bem, eu...

— Veja! — apontou Eva. — Ela já vai começar!

Subitamente, Sava balançou a cabeça, recriminando-se. "Cinderela moderna... Que tolice misógina", pensou. Ela não era uma pobre mocinha magicamente transformada em princesa com prazo de validade até a meia-noite. Era uma mulher madura, que superara as adversidades e transformara sua dor em arte. E ele, Sava, não era seu príncipe encantado, mas tão somente um de seus súditos. Súditos ávidos por suas palavras.

Elisa sentou-se, ajustou o microfone à sua altura, olhou para o lado — possivelmente para alguém da organização, por detrás das cortinas — em busca de algum tipo de confirmação, se tudo estava acertado para iniciar a leitura. Os aplausos haviam cessado. Elisa agradeceu, saudou nominalmente algumas pessoas na plateia, agradeceu aos pais, ao editor, aos organizadores, patrocinadores e, claro, ao professor Sava Ivanovic — presente na segunda fileira — que, para sua alegria e surpresa, era um dos professores contemplados com a cortesia enviada pelos organizadores do evento, trazido por seu ônibus particular para "abrilhantar", palavras dela, "o evento" daquela noite.

— Vou começar com a leitura de uma carta que fala justamente sobre a arte e como ela demanda mais do que o artista — iniciou sua fala introdutória. — É claro que o artista também consome sua própria arte. Especialmente alguém da arte culinária.

O público reagiu com risos.

— Quem toca um instrumento se encanta, quem pinta o quadro o contempla e, certamente, quem escreve um livro o lê. Mas nenhum artista se realiza tão somente na arte para si... Bem, vamos à leitura. Será "Arte Só Faz Sentido a Três".

Ouviu-se o farfalhar das páginas por todo o auditório, a respiração de Elisa ao microfone aguardando a audiência — e então, sua voz pausada, empostada e elegante:

A QUARTA CARTA
Arte só faz sentido a três

Prezado Professor Ivanovic,

Tivemos uma aula em que falamos sobre arte. O senhor se lembra? Bem, recordei essa aula por causa de um triste episódio.

Após a morte de minha avó, vítima da COVID-19, um querido colega de trabalho — que é cantor lírico profissional — passou a me enviar, no meu celular, algumas músicas gravadas por ele e seu companheiro durante a pandemia. Acho que ele pretendia me confortar (e foi exatamente o que aconteceu!). Mas, além disso, a intenção de qualquer artista — acima de qualquer desejo de sucesso, dinheiro ou fama — é compartilhar com os outros. O prazer de criar uma obra de arte e — logo após a obra finalizada — admirar o que foi criado é um processo que se conclui no ato de compartilhá-la. Procuramos não apenas elogios, mas também compartilhar o mesmo sentimento que tivemos. Fazemos isso desde que éramos crianças: criamos, admiramos e compartilhamos —

principalmente com nossos pais ou professores — um desenho, uma música, um poema. Não há arte sem exposição.

Esse aspecto da criação — o desejo de compartilhar — é, como se vê, intrínseco à arte. Afinal, o que seria da arte sem reconhecimento? Assim, entendo que a arte só faz sentido quando há três, digamos, participantes. Deve haver, claro, o artista e pelo menos dois "admiradores". Porque é preciso apreciar e compartilhar. Triste é ouvir uma composição, contemplar uma tela, ler um livro ou consumir qualquer tipo de arte e não poder contar a ninguém.

Wassily Kandinsky diz que a obra de arte nasce no artista de forma misteriosa e secreta e que, por meio dele, ganha vida e existência. Ele compara a criação artística ao ato de tocar piano: há o pianista (o artista), as teclas do piano (a matéria-prima da criação futura) e o próprio piano (que Kandinsky compara à alma em que a arte reverbera e ganha existência e sentido).

A valorização da arte e a vontade de compartilhá-la não são apenas, fundamentalmente, humanas. São divinas! Talvez a coisa mais divina no ser humano. Fomos criados para criar, embelezar e apreciar as coisas.

Talvez não seja por acaso que fomos feitos por um "grupo de artistas" — uma Tríade Divina — que nos criou, nos contemplou e se alegrou com nosso nascimento, todos juntos.

Com os melhores cumprimentos,
Elisa F.

P.S. Aquela banca de revistas não existe mais. Sucumbiu à pandemia. Arrumei um emprego numa agência de viagens. O colega cantor faz jingles comerciais para a companhia.

Seguiram-se aplausos efusivos enquanto Elisa descansava o par de óculos sobre o livro e tomava dois goles de água. Um auxiliar do evento logo se aproximou para repor a água e oferecer um guardanapo.

Elisa agradeceu e anunciou o próximo texto. Em seguida, haveria um breve intervalo para perguntas ou comentários da plateia sobre a leitura.

— Mas, para aqueles que ainda não leram todas as cartas do livro, adianto que a próxima traz uma dica muito educativa sobre como não se comportar numa pergunta a um escritor. Falo sobre uma certa mulher, coincidentemente, de vestido azul.

O público riu. Haviam compreendido a referência: era a moça de vestido azul do texto "Croniquinha de Uma Visita à Bienal".

CRONIQUINHA DE UMA VISITA À BIENAL

Querido Sava,

Desculpe não lhe perguntar mais sobre como você está. Como deixei de receber suas respostas, apenas espero e desejo que esteja bem.

Ontem, fui me procurar numa feira de livros local. Tinha a esperança de encontrar o livro que escrevi, Esse Ser Que Não Sou Eu. Seria minha maior alegria.

No primeiro dia do evento "me procurei", mas eu não estava lá. Melhor dizendo: "Procuramos". Éramos eu e o Philipe, meu amigo.

"Já passamos por aqui?", perguntei.

"Já", respondeu ele apontando para o centro da estrutura que abrigava o evento.

"Ali, ó... Passamos por ali e demos a volta assim e assim", explicou gesticulando...

Num dos palcos, num espaço reservado para palestras, um escritor desconhecido e de fala hispânica ouvia à pergunta de uma mulher de vestido azul que estava sentada na primeira fileira. Ela se levantou e começou sua pergunta. Uma pergunta interminável. Aliás, uma fala interminável. Nada da pergunta. O escritor, no palco, pacientemente, esperava e a pergunta não vinha.

Prosseguimos sem ouvir o que a mulher da primeira fileira queria saber. Penso que o escritor espanhol — penso que fosse espanhol porque falava os esses com a língua presa entre os dentes —, também ele, ficou sem saber.

Caminhamos eu e o Philipe por uma direção de estandes que acreditávamos ainda não ter visitado e o Philipe me falou que o autor preferido dele é o Graciliano Ramos. Então desistimos de mim e fomos procurar o Graciliano.

"Tem Vidas Secas aí?"

"Não"

"Tem São Bernardo?"

"Também não"

Outro estande.

"Tem Graciliano Ramos aí?"

"Quem??"

Aposto que tinha. E se eu estivesse com tempo iria procurar até achar um exemplar e apresentaria o Graciliano Ramos àquele vendedor.

Primeiro dia da Feira quase acabando. Voltamos e passamos, de novo, pelo palco de palestras que ainda tinha o escritor espanhol.

A entrevistadora anunciou:

"Uma última pergunta antes de encerrarmos"

Uma mão na primeira fileira levantou. Era a mulher de vestido azul. Ela começou sua monofala e eu não tive paciência para esperar sua pergunta. O escritor, coitado, não gozava desse privilégio.

Curioso. Um dia vou me achar aqui. Talvez, já na próxima edição daqui a dois anos e quero falar de meu livro, vê-lo nas estantes, dar palestras e entrevistas, mas, hoje, nesse momento, não tenho inveja do escritor espanhol — graças à mulher de vestido azul que faz que vai perguntar e não pergunta nunca.

Quando for a minha vez, tomarei o cuidado de procurar na primeira fila pela mulher de vestido azul. Se ela estiver lá, desço do palco. Pra gente que quer aparecer, eu peço licença e vou procurar Graciliano Ramos.

Saudades,
Elisa F.

Novamente, seguiram-se aplausos, mais entusiasmados dessa vez, mesclados a risos da autora e de vários leitores na audiência.

Elisa avisou que o microfone próximo ao palco já estava aberto para perguntas ou comentários curtos, com direito à réplica, mas, ressaltando a importância de se ater ao texto e ao tempo prescrito.

— E não precisam ajustar a altura do microfone. A captação dele é omnidirecional. Em qualquer lugar, desde que próximo, ele captará a voz de vocês.

Duas pessoas se levantaram ao mesmo tempo, na mesma fileira. Um homem, corpulento, de camisa estilo havaiano e uma mulher negra de vestido vermelho. O homenzarão fez uma mesura e gesticulou os dedos indicadores em volta, sinalizando que ele poderia ser o próximo. Veio andando à frente da mulher, pois não havia como ela passar sem que ele desobstruísse seu caminho. Abriu espaço, gentilmente, e, detrás dele, a mulher saiu, agradecendo e, tentando correr a passinhos curtos por causa do salto, aproximou-se do microfone.

— Bom dia, Lis, e parabéns por seu sucesso. Seu livro é ma-ra-vi-lho-so!

Elisa sorriu e agradeceu.

Sava se levantou sobressaltado. Do seu lado, a professora Eva alertou:

— Acho que você não pode ir agora, professor. Nem mesmo o senhor.

Sava balbuciou:

— Jebiga! Minha mulher...

Sentou-se aturdido. Os olhos arregalados, a respiração ofegante.

Andréa segurou o microfone no pedestal.

— Minha primeira pergunta é muito simples...

Elisa sinalizou para Andrea, com a mão espalmada, indicando que ela esperasse:

— Deixa ver se eu adivinho. Você vai perguntar se eu era ou sou apaixonada pelo professor Ivanovic. Essa é a primeira pergunta que escuto em quase todo evento. E sempre dou a mesma resposta. Não disse no livro e não vou dizer aqui. O que vocês acham? Alguns respondem que acham que é um amor platônico, outros que é apenas uma devoção fraterna, uma cumplicidade em torno do amor comum pela literatura, e há, sim, aqueles que acreditam que eu me apaixonei por ele. Há quem diga que ele também se apaixonou por mim. Eu não digo. Deixo o mistério — e, olhando para Andrea, acrescentou: — Desculpe, querida. Se era essa sua pergunta, você ganhou uma pergunta-bônus. E te dei tempo para pensar.

— Obrigado, Lis. Mas não era essa. Como você recomendou, eu me ative ao texto. Minha pergunta é sobre Philipe, o personagem que a acompanha à Bienal. Ele é real? Era seu namorado?

Elisa não demonstrou desconforto. Mantinha um sorriso desde o primeiro instante em que Andrea, também sorridente, começou a falar.

Sava, entretanto, tinha as mãos no peito e afundava-se na cadeira.

— Obrigada pela pergunta. Não, o Philipe é casado e ele existe mesmo e é um amigo da época da agência de viagens. Ele está ali, olha. — Elisa acenou.

Andrea olhou na direção, Philipe tinha a mão discretamente levantada, quase imperceptível em meio ao mar de gente. Voltou-se para a autora, pretendendo usar sua réplica.

— Mas, o Sava também era casado.

A tensão se fez em forma de um murmurinho. A audiência em expectativa.

Andrea continuou:

— A primeira coisa que você disse foi que seu amigo Philipe era casado, como sendo a razão de que vocês não tenham se envolvido. Você sorriu e disse: "Não, o Philipe é casado". Mas, o fato de Sava ser casado não foi impedimento para você se declarar a ele em suas cartas.

A tensão cresceu. Elisa reconheceu a esposa de seu antigo professor, ela também, sua professora virtual.

— Você é Andrea, certo? — perguntou Elisa apenas para que a plateia compreendesse.

— Sim.

— Andrea Ivanovic — continuou Elisa sabendo onde queria chegar.

— Andrea Cordeiro — corrigiu Andrea. — Eu e Sava não somos casados civilmente.

Elisa arqueou as sobrancelhas. O gesto dispensava palavras.

— Agradeço por sua participação, Andrea "Cordeiro".

Elisa acenou para o homenzarão para que viesse ao microfone. Enquanto o homem se levantava para dar passagem à Andrea e dirigir-se ao local designado, o murmúrio que percorreu o auditório aos poucos se dissipou, como uma onda que recua antes de desaparecer na areia. Elisa manteve o sorriso, mas algo em seu olhar mudou — um brilho contido, uma sombra de pensamentos que não se traduziam em palavras. Por um instante, apenas o som leve dos papéis sobre a mesa e o respirar contido dos presentes preencheu o espaço.

Sava abaixou a cabeça, os dedos pressionando levemente o braço da cadeira. Sentia o peso das palavras de Andrea pairando sobre ele, não como uma acusação, mas como um reflexo do que sempre soube e nunca quis encarar. O silêncio do público parecia ampliá-las, tornando impossível se esconder entre as certezas que cultivara. Ao seu lado, Eva não disse nada. Apenas observava.

No palco, Elisa ajeitou os óculos sobre o livro e tomou um gole discreto de água. A tensão não a desestabilizava — ela a compreendia, aceitava, talvez até esperasse por ela. Deixou o olhar flutuar pela plateia antes de se deter, por um breve instante, na segunda fileira. Sava percebeu, mas não desviou. Não havia necessidade de palavras agora.

Ela respirou fundo, ajeitou o microfone e, sem quebrar o silêncio que se estendia como uma cortina invisível sobre a plateia, voltou à página do livro. Continuaria a leitura. A arte falaria por si.

✲ ✲ ✲

VOCÊ NÃO É QUEM PENSA QUE É

A casa estava mergulhada em um silêncio pesado quando Sava entrou, fechando a porta atrás de si com um movimento brusco. O som ecoou pelo ambiente, se espalhando pelas paredes do pequeno corredor até desaparecer no ar carregado de tensão. Andrea já estava ali, parada ao lado da mesa de jantar, as mãos apoiadas no encosto de uma cadeira, como se precisasse de algo para se segurar.

Ele se aproximou devagar, retirando o blazer com um gesto automático, mas sem afastar os olhos dela. O clima entre os dois havia mudado desde o evento — não era só desconforto, era algo mais profundo, algo que se entrelaçava em olhares semicerrados e palavras ainda não ditas.

— O que foi "aquilo", Andrea? Que cena foi aquela? — A voz dele saiu controlada, mas firme, atravessando o espaço que os separava como uma lâmina.

Ela soltou o encosto da cadeira e cruzou os braços, sua postura rígida denunciando que não recuaria tão fácil.

— Cena? Eu não fiz nenhuma cena. Fiz uma pergunta simples, ela se contradisse. E você ainda me deve uma explicação melhor sobre a razão de ter ido para o evento do que aquela mensagem de texto. Como assim você pegou "o ônibus errado?"

— Eu te explico mais tarde e, sim, foi você que se contradisse — rebateu Sava, avançando um passo. — O Philipe é casado, eu não.

— Verdade! Você não é casado. E isso dá a ela o direito de se apaixonar por você. É isso, Sava?

— Por que estamos tendo essa discussão? Não achei que você tivesse se importado com isso. Estava tudo bem até hoje. Você está agindo de um jeito estranho.

— Não venha com esse discurso. Não insinue que eu não estou no meu juízo perfeito. Eu não estou com ciúmes. Eu só quis confrontá-la. Queria ver como ela se sairia. Ela escreveu um livro sobre uma pessoa real, reproduzindo o nome dessa pessoa, vendeu e ganhou dinheiro com isso, e essa pessoa vem a ser meu marido, ou companheiro, ou parceiro, seja lá o que for, e veio até nossa cidade, onde ela "sabe" que nós vivemos, sabendo da possibilidade desse encontro e dos seus riscos. A responsabilidade é dela.

— Mas por que você a provocou? — insistiu Sava. — Você estava lendo o livro, gostando até. Não me cobrou nada, não me confrontou. Você até me tranquilizou sobre a questão. "Paixões acontecem", você disse. "O coração não tem razões", e coisas do tipo. Acho que você está escondendo algo.

— Não.

— Andrea...

— Não. Droga! Não!

— O que você está escondendo? O que houve? Você sabe de algo. Sim! Você sabe.

— Não.

— Meu Deus! Eu... eu não acredito.

— O quê? No que não acredita?

— Você falou com ela!

— Com ela?

— Com ela! Você falou com a Elisa.

O peso da discussão reverberava no ambiente, tornando o ar mais denso. O abajur da sala lançava uma luz amarela sobre a madeira da mesa, e o relógio na parede marcava um tempo que parecia se arrastar entre as pausas carregadas.

— Andrea, você não vai dizer nada?

— Não faz sentido. Por que eu falaria com ela?

— Ela te procurou. Ela escreveu para você. Mandou um e-mail. Não foi?

— Como...? Como você...?

— Como eu sei? Eu sei! É como se lesse seus pensamentos.

Andrea hesitou. O som distante de um carro passando pela rua se infiltrou na pausa entre as palavras.

— Ela me escreveu — admitiu, finalmente, deixando o copo sobre a mesa com um pequeno impacto.

Sava não respondeu de imediato. Seus olhos se fixaram nela, buscando respostas além das palavras. A chuva começava a cair lá fora, gotas deslizando lentamente pela vidraça, desenhando padrões disformes.

À medida que a revelação se intensificava, Andrea recuou, apoiando-se na borda da mesa. O chão frio sob seus pés contrastava com o calor da discussão. Sava, por sua vez, passava as mãos no rosto, como se tentasse dissipar o que acabara de ouvir.

Quando ela finalmente disse:

— Sava, você não é quem você pensa que é.

O som da chuva engrossou, pontuando o momento com um peso dramático. Ele se sentou devagar, ainda processando as palavras. Andrea se afastou, como se temesse o que estava por vir.

Ele suspirou, encarando o chão.

— Fala, Andrea. Como assim?

A casa parecia pequena demais para conter aquela conversa, como se os segredos se expandissem além das paredes e buscassem espaço no vazio. Ainda assim a conversa continuou, cada frase se tornando um golpe preciso. Andrea andou até a bancada da cozinha, pegando um copo d'água, como se precisasse esfriar o calor interno que a consumia. A cozinha estava impecável, mas a tensão entre eles fazia parecer que tudo estava fora de ordem.

— Ela queria me avisar do livro. Ela teve a ideia, mas não queria publicar para prejudicar você. Não queria te trazer desconforto. Pediu minha opinião.

— Ela pediu sua opinião? Você é minha mulher! O que ela esperava que você dissesse?

— Ela não tinha nenhum contato de alguém próximo a você. Eu também fui professora na EF Academy. Ela tinha acesso ao meu e-mail. Ao e-mail de qualquer professor da plataforma. Até substituí você em algumas aulas.

— Isso é traição, Andrea. Você me traiu.

— Não tenho culpa de ela ter me escrito.

— Mas tem culpa de ter ficado conversando com ela. Com uma mulher que arruinou... que vai arruinar minha vida.

— Arruinar? Não está sendo um pouco dramático?

— Sim, talvez esteja. Mas, hoje, de manhã, no ônibus, todos me olhando como... sei lá... fazendo julgamentos morais sobre mim, provavelmente. Na volta, então, depois da palestra e daquilo, pessoas me abordaram com perguntas indiscretas. E a imprensa? Quando souberem, imagina!

— E, além do mais, quero deixar claro que nós não ficamos "conversando". Ela só me mandou o e-mail.

— E o que você respondeu? Que tudo bem? Pode pegar a vida do meu marido e transformar num personagem para usar a seu bel prazer?

— Não. Eu não...

— Meu Deus! Isso é um... um... estupro virtual, literário!

— Eu te entendo. Ela forçou uma relação. Mas tente entender. Como mulher, eu a compreendo. E você está exagerando, amor. O que está escrito é irreal! Nunca ocorreu. Além disso, eu não respondi. Eu não autorizei. Ela não me pediu autorização. Ela disse que... bem... Ela abriu o jogo. Contou tudo. Eu já sabia da maior parte. Ela... Pareceu... Acho que ela foi sincera, sabe? Mas ela tinha coisas a dizer e queria escrever, até como uma forma de reparação.

— Ela não tem que reparar nada. Está tudo acabado. Ela se envolveu, não deveria. Se confundiu. Ponto. Eu cortei contato. Ponto. Acabou. Eu não sou um monstro. Eu entendo. Pessoas se apaixonam. Normal. Mas acabou. Por que ela não entende isso? Por que ela trouxe isso à tona, de forma pública? Escrever para você contando, não torna isso menor. É como se ela dissesse: "Vou matar seus pais, mas não me leve a mal. Não é pessoal. É só que não posso resistir. Resolvi te avisar para que você não fique tão chocado".

— Você está exagerando, Babe.

— Quero ver o que ela escreveu.

— Err...

— O que foi? O que houve?

— Não tenho o e-mail.

— Como assim?

— Apaguei. Deletei.

— Tem como recuperar.

— Apaguei do lixo eletrônico também.

— Não importa. Tem como recuperar ainda.

— Err... Não acho uma boa ideia.

— Não existe.

— O quê?

— O e-mail. Não existe, não é?

— Do que você está falando?

— Não existe o e-mail que você disse ter recebido.

— Meu Deus, Sava! Você é o quê, um adivinho? Um mentalista?

— Você disse que ela tinha escrito.

— Ela escreveu... De certa forma...

— De certa forma? Como assim? Escreveu ou não escreveu?

— Escreveu.

— Então, onde está?

— Aqui.

— Aqui?

— Aqui. Está bem aqui.

— Como assim? Você disse que tinha deletado? Você imprimiu? Ah! Foi isso! Você imprimiu e deletou o arquivo. Onde está?

<<— Desculpa.>>

— Desculpar o quê?

— Não é com você. Não são pra você os pedidos de desculpa.

— Então... pra quem?

<<— Eu não estou aguentando. Isso não devia estar acontecendo desse jeito. Esse não era o enredo.>>

— Não estou entendendo mais nada, Andrea. Primeiro, sua reação no evento, seus ciúmes, depois, você passando a "defender" a Elisa e, agora, isso! Do que você está falando e com "quem" você está falando?

<<Ele está lendo meus pensamentos. Não dá pra segurar. E a narração? O que aconteceu com a narração, os verbos dicendi, a descrição do ambiente?>>

— Com quem você está falando, Andrea? Deus?

— Tipo isso.

— O quê?

— Sava. Você não é quem você pensa que é.

[...]

— Senta, Sava. Você devia tomar um chá, uma água. Quer um chá?

— Pronto. Sentei. Fala.

— Chá, amor?

— Fala, Andrea. Como assim: eu não sou quem penso que sou?

— Quis dizer que você não é o amor da vida dela. Foi só algo platônico. Uma fonte de inspiração.

— Como assim?

— Você perdeu seus pais, ela perdeu a irmã de forma trágica. Vocês amam literatura, são fãs de *Friends*, tiveram problemas com peso. Até compartilharam dicas de dieta.

— Ela te contou isso?

— Como assim? Tá no livro.

— Outro livro?

— Não. Tá no *Querido Professor Ivanovic.*

— Não. Não tem essa coisa lá. Não tem nada disso lá.

— Claro que tem. Eu não teria como saber de outra forma.

— Eu já li o livro todo. Não há nenhuma menção à morte dos meus pais ou à *Friends.*

— Então, você deve ter me contado. Vocês tiveram horas e horas de aulas, e toneladas de e-mails trocados. Você deve ter me contado em algum momento. Mas eu tenho certeza que li isso no livro. Procura aí, você vai ver.

[inserir trechos de textos incompletos do livro — simulando a busca pela referência]

— Quem disse isso??

— Quem disse o quê, amor? Sava, você não parece bem. Aqui, tome seu chá.

— Está quente... [fuuuu... fuuuu...] [glup]... Está bom. Eu ouvi, claramente, alguém dizendo "inserir trechos de textos do livro" e algo sobre simular a busca por uma "referência"... A TV está ligada? Foi a Alexa? Era uma voz feminina. Parecia a voz... a voz da Elisa. O celular! Está no viva-voz?

— Não, querido. Não foi nada disso. Está tudo confuso, eu sei.

[ACHO MELHOR REESCREVER TODO ESSE TRECHO]

[susto] — Quem disse isso? Quem disse isso? Você ouviu? Você ouviu, Andrea? "Acho melhor reescrever todo esse trecho". Quem disse isso?? Era a voz da Elisa. De novo! E que conversa foi aquela sobre a narração e verbos *dicendi*? O que foi aquilo, Andrea? Andrea, eu estou ficando louco? É isso?

— Babe, onde você está indo? Sava? Onde você vai? Está chovendo lá fora. Sava? Sava??

[bam!]

"Eu preciso de ajuda. Eu... eu... Será que estou vivendo numa simulação? Será a vida real uma simulação de computador? Deus é o programador, afinal. É isso? Deus, o Nerd Supremo. Ou os três artistas, como disse Elisa. Programadores que me inseriram nessa grande e quase perfeita simulação. É isso? Ou um livro. Um livro!... E se for um livro? Andrea falou sobre narração e as vozes na minha cabeça. Eu, um personagem? Do quê? De quem? Por quê?"

Boa noite, Doutora Júlia
[16h22]
Meu nome é Sava... Sava Ivanovic.
[16h22]
Eu vou dizer de uma vez:
[16h22]
Eu não sou uma PESSOA
[16h22]
Eu acredito que sou um personagem
[16h25]
Um personagem de um livro
[16h25]
Eu tenho coo provar
[16h26]
*como
[16h26]
Desculpe. Minha mão eesta ´tremende
[16h27]
Tá difícil digitar sem errar
[16h27]
Eu tenho como provar
[16h28]

Júlia May Psicóloga digitando...

Oi, Sava! Tudo bem? Vamos marcar uma sessão pra gente conversar melhor, ok? Vou te passar meu e-mail e você marca uma hora. Vou te passar os dias e horários que tenho disponíveis, ou podemos fazer algo online. ☺
[16h29]
Não se preocupe com os erros. O importante é se fazer entender.
[16h30]
Fiquei muito curiosa em te conhecer. Por favor, não desista. Não deixe de ir. Vamos descobrir, juntos, as respostas.
[16h30]

PRIMEIRA SESSÃO

[...]

— Eu sou um personagem de um livro. Não sou uma pessoa real, doutora. Eu... Eu...

— Sim. Pode falar, Sava.

— Eu não sei o que dizer...

— Entendo que seja difícil. Mas, quando você diz que é um personagem, você está dizendo isso metaforicamente? Você se sente como se fosse um personagem de uma história?

— Não. Não. Eu *sou*. Sou um personagem. Não sou real. Sei que parece loucura.

— Há muitas coisas que parecem loucura, Sava. Aqui é o último lugar onde você deve se preocupar com o que parece real ou não. Estou aqui para te ajudar. E, para isso, devo tentar entrar em seu mundo. Isso inclui acreditar em você. Na sua verdade. Daí, entrar em seu mundo particular e ajudar você a entender esse mundo e se colocar nele da forma mais saudável para você.

— Certo.

— Você disse que é um personagem. Que personagem? Que tipo de personagem?

— A senhora quer dizer um personagem que já existe, certo? Como se eu pensasse ser Romeu, de Shakespeare. Não. Eu não sou um personagem de algum livro que já existe. Eu sou eu mesmo.

— Eu tinha entendido que você era um personagem de um livro.

— Não. Não. Isso seria loucura... [riso nervoso] Quer dizer, seria ainda mais loucura do que aquilo que eu acredito que esteja acontecendo comigo. Não, não sou um personagem que já existe em algum livro escrito. Eu sei quem eu sou. Eu sei que eu sou Sava Ivanovic, eu tenho um passado, sou órfão, mas lembro dos meus pais. Sou Sava Ivanovic, sérvio, nascido em Niš. Tenho 45 anos, uma esposa brasileira, minha namorada dos tempos de escola. Mas tudo isso — minha biografia, pais, esposa, meu enteado — não é real. Pelo menos, não aqui. É a vida de alguém real. No mundo real existe alguém com essas características, ou semelhantes a essas características. Existe alguém igual a mim, que seria o meu eu real, que existe no mundo real. Mas, aqui, nesse instante, eu sou um personagem.

— Você é um personagem baseado ou inspirado numa pessoa real, que vive num mundo real, que não é esse no qual eu e você estamos interagindo. É isso? Que mundo é esse no qual estamos, então?

— Um livro. [suspiro] Nós estamos num livro. Eu, pelo menos, estou. Mas, você não acredita em mim, acredita, doutora?

— Pode me chamar de Júlia.

— Você acredita em mim, Júlia?

— Sava, o que você acha? Acha que eu acredito? Acreditaria em mim se eu dissesse que acredito em você?

— Acho que não. Claro que você não acredita. É um transtorno, não é? Um transtorno de personalidade dissociativa, como se diz.

— [risos] Vejo que você lê muito mais que Literatura Americana. É isso, não? Seu doutorado.

— Literatura Inglesa Contemporânea, o que inclui literatura americana. Basicamente, literatura produzida em língua inglesa, isso. E, sim, gosto de ler de tudo um pouco. Pesquisei um pouco sobre pessoas como... eu, antes de vir para a consulta, mas Freud e Jung não são novidade pra mim. Eles são frequentemente estudados em cursos de Literatura, especialmente em disciplinas que abordam teoria literária, crítica literária e psicologia da literatura.

— Sava, tenho outras duas perguntas, antes de responder a sua pergunta.

— Sim, claro.

— Primeira: é relevante para você que eu acredite?

— [suspiro profundo] Eu... Eu não sei. Eu gostaria que você

acreditasse, mas eu entendo que não acredite. Eu não acreditaria se estivesse em seu lugar.

— Agradeço por sua sinceridade, Sava. Isso é muito importante. Mas, ainda assim, você veio, não é mesmo? Mesmo tendo essa consciência da possibilidade do meu ceticismo. Mesmo assim, você veio e contou. Segunda pergunta: e, se eu dissesse que não acredito em você, mas estou disposta a que você tente me convencer de como isso seria possível, você acha que isso facilitaria ou dificultaria as coisas?

— Acho que facilitaria, claro. Você seria sincera e disposta. Isso seria uma ajuda.

— Então vou respondê-lo, agora. Eu acredito. Acredito de um jeito diferente, mas acredito. E posso mostrar que estou sendo sincera. Sava, a verdade se manifesta de várias formas. Eu acredito em você, acredito no que diz, porque o que você está me dizendo possui camadas. É algo como... Espere um instante! Sava, me diga uma coisa: você se considera uma pessoa religiosa?

— Sou ortodoxo. Fui cético durante um tempo. Na adolescência. Me revoltei, mas, sim, sou religioso. Acredito em Deus. Não sou assíduo, nem bitolado, mas faço minhas orações, tenho fé, sim.

— Bom, então você deve crer que todos somos criaturas de Deus. Num certo sentido, todos somos personagens de uma história que está sendo escrita. A vida é o livro e...

— Sim, doutora... [pausa] Sim, Júlia. Sei o que quer dizer. Não é esse o sentido. O que estou tentando dizer é que alguém, alguém real me criou. Uma pessoa, um ser humano do mundo real me criou como personagem, como se eu fosse um Frankenstein, feito de pedaços de um ser humano real e outros inventados por ela ou ele, imaginados e transportados para o papel ou para a tela de um computador, ou seja onde for que ele esteja escrevendo a história.

— Entendo. E quem é essa pessoa? Você a conhece?

— Suspeito de uma pessoa. Uma escritora famosa. Famosa aqui, pelo menos. Elisa Fonseca.

— Lis Fonseca? Que escreveu *Querido Professor Ivanovic*?

— Lis, claro. Lis Fonseca.

— Tenho esse livro aqui. Ou será que está na minha casa? Deixa ver... — Rrrrrr — ... Só um instante — *toc... toc... toc* — Aqui! Achei! — *Shhhh* — Esse!

— Sim. Esse mesmo.

— *Querido Professor Ivanovic*

— Isso.

— Curioso, o título. Que coincidência. Você disse que seu sobrenome é Ivanovic. Acho que é um sobrenome bem comum nos países eslavos, não é?

— É. Mas não é uma coincidência. Eu sou o personagem do título.

— Como assim? Então, você é o personagem do título? Você é o Professor Ivanovic?

— Exatamente.

— E não poderia ser outro professor? A autora foi sua aluna e, embora o sobrenome Ivanovic não seja, exatamente, um sobrenome incomum...

— Sim, meu sobrenome é Ivanovic. Ivanovic é um dos sobrenomes mais comuns em países eslavos como a Croácia e a Sérvia, mas, ainda assim, sei que sou eu.

— Bem, Sava. Seria uma enorme coincidência. Você era o único professor estrangeiro na escola onde Elisa estudou? O único Ivanovic?

— Era uma universidade. Havia outro Ivanovic e um Ivanovich, com "ch" no final. Mas, na verdade, era um curso online de literatura. Uma plataforma internacional de cursos diversos, sobre vários assuntos, a E.F. Academy. Nossa universidade participava da plataforma oferecendo diversos cursos.

— Mmm... Já ouvi falar. Então é possível que houvesse professores sérvios ou croatas.

— Sim, certamente.

— Então poderia haver um Ivanovic?

— Sim, mas não é só isso. Eu comprei o livro, comecei a ler e vi que os textos, as cartas que a Elisa escreve, são textos que ela compartilhava comigo. Eu a estimulava a escrever. Via talento e a motivava e ela usava as cartas como uma forma de comentar e aprofundar temas que havíamos tratado em sala. Foi assim que tudo começou. Esse negócio das cartas.

— Bem, então ela fez o que você a incentivou a fazer. Seguiu seu conselho. Isso o incomoda?

— Ela roubou a minha vida, a minha história. Escreveu sobre coisas que conversamos, assuntos que trocamos.

— "Sua" história? Como você percebe isso?

— Não é? Tudo bem se ela quiser compartilhar com o mundo inteiro o que ela disse pra mim, as coisas que escreveu para mim. São as ideias dela e ela é livre pra contá-las a quem quiser. Mas o que eu disse a ela... Não tenho direito a isso? Ela está não apenas me expondo, mas ganhando dinheiro com isso.

— Não estou defendendo ela, Sava, mas veja, faça um exercício imaginário. Por exemplo: nós dois aqui, conversando numa sessão de terapia. De quem é essa história? Sua? Minha? Posso falar dela por ser minha? Devo ter sua aprovação? E se você contar o que disse na terapia a outro terapeuta, a um amigo, à sua mulher? A nossa história passa a ser de quem? Entende? Como você delimita o que é sua história, o que é nossa história?

— Ela está escrevendo esse livro, o novo livro, que está sendo escrito agora. Ela o está escrevendo como uma forma de se redimir aos meus olhos. Não é apenas uma forma de viver, ficcionalmente, uma paixão. Ela está, realmente, tentando me conquistar.

— E qual avaliação você faz dessa tentativa?

— Como assim? Você quer dizer: se acho que ela está tendo sucesso?

— Sim. Como você reage a isso? Se é que ela está tentando fazer isso.

— Ela está me deixando furioso. Não parece claro?

— Como analista posso garantir que nem tudo é o que parece.

— [risos] É. Você tem razão. [franzido] Você... você não acha que eu estou me apaixonando, acha?

— Você se preocuparia se eu dissesse que sim?

— Sim, eu me preocuparia. Porque seria como se eu não fosse eu mesmo. Como se houvesse algo oculto e determinante, fatalista e, principalmente, contrário à minha vontade. E é isso, precisamente isso, o que me irrita mais. Ela, como um deus, escrevendo a minha vida, o meu destino, o meu futuro.

— Mas não é isso que faria você gostar dela.

— Como assim?

— Ela não está tendo sucesso. Mesmo você sendo um personagem criado e escrito por ela, você não está seguindo o script, não é?

— É. Não estou. A menos que... [pausa] a menos que esteja, não é? A menos que essa minha revolta seja, também, uma invenção dela. Nesse caso, ela pode estar tentando seduzir meu outro eu, o meu eu real, o Sava real, ou seja lá como eu me chame. Tentando emular meu comportamento, digo: o comportamento do Sava verdadeiro. Ela me conhece bem... Rrrrr! Conhece bem a ele. E está tentando me usar para mostrar pra ele como o conhece bem. Ela é doentia. Droga! Ela está me fazendo dizer isso, xingá-la, expô-la e usando os outros personagens como contraponto, contra-argumentando, ponderando, me questionando, como você está fazendo agora. Doutora, desculpe. Essa sessão está encerrada.

— Sava, eu entendo você. Você é livre pra sair. Foi a primeira coisa que eu lhe disse em nosso primeiro contato. Nossos encontros só fazem sentido se você quiser estar aqui, se você se dispuser a compartilhar e se abrir. E é o que você está fazendo e veja: está sendo uma autodescoberta, não? Você, aqui, conversando comigo, respondendo às minhas perguntas, isso está cooperando para levar você a outros lugares, a outras perspectivas, outras compreensões de você mesmo. Você não acha que deveria continuar? Se você sente que minhas perguntas o provocam, pode não responder, mas você não tem feito isso. Pelo contrário, você mergulha fundo e encontra coisas novas. Esse é o sentido da terapia. Um dos sentidos. Não quer mesmo continuar?

— Desculpe.

Tap-tap-tap... Clic...

— Obrigado, doutora. E adeus.

Bam!

***

AMAR É UMA DECISÃO

— Olá, Sava! Fiquei feliz em você ter marcado um novo atendimento. Quero te dizer que sua saída abrupta em nossa última sessão foi um gesto que trouxe coisas produtivas para mim. Tive tempo para pensar e quero te propor uma coisa nova, hoje. Quero que você me fale de seu passado. Sua infância, adolescência. Tudo o que você se lembrar, conta. Você acredita que não é real. Como poderia saber que é real? Se você fosse um personagem, você não teria lembranças do seu passado, não é? Uma ou outra coisa, inserida pelo autor, mas não tudo. Não seria possível um escritor criar uma vida do início ao fim. Do que você se lembra? Que tal começarmos pela escola? Ou pelo seu nome? Seus pais devem ter te contado por que te deram esse nome.

— Sava é um nome que significa aquele que é honrado ou aquele que é venerado, e é o nome do principal santo da Igreja Ortodoxa Sérvia. Mas, quando eu e minha irmã viemos para o Brasil, fugindo, junto com meu avô, da guerra, meu nome foi a causa de muitas provocações na escola. Soava como um nome feminino.

— Do que mais você se lembra? Deixe sua memória fluir. Não se preocupe com o tempo. Você sofreu bullying por seu nome, provavelmente por sua etnia, por ser um imigrante.

— Não por ser um imigrante. Sofri mais preconceito em meu próprio país do que aqui. Lá, vocês não compreenderiam que pessoas que se parecem tanto, falam praticamente o mesmo idioma e têm hábitos e cultura semelhantes se odeiem e se matem por serem sérvios, croatas, bósnios ou kosovares. Sofri por ter amigos ciganos e albaneses. Quando estive em Belgrado, de férias, tive que modificar meu sotaque para não ser discriminado na capital do meu próprio país. O sonho de uma nação que congregasse todo povo eslavo só existiu no mapa, sob o nome de Iugoslávia, e se desfez em pedaços.

— Aqui, por meu estrabismo, sim, algumas vezes sofri. Mas, quanto a ser imigrante, falar diferente, agir diferente, até me serviu, isso. Todo mundo era muito curioso. Eu andava pelos corredores e as pessoas cochichavam e apontavam para mim, como se eu fosse uma celebridade. Os professores eram os mais curiosos e perguntavam como dizíamos tais e tais coisas na Sérvia. Alguém que me ajudou muito nesse período de adaptação foi o Varela. Leandro Varela, que a gente só chamava de Varela porque tinha o outro Leandro, que era o Leandro Queiróz. O Varela se tornou meu melhor amigo na escola. Os colegas achavam que ele era gay. Ele colecionava papéis de carta e curtia Backstreet Boys. Eram "coisas de menina", diziam, mas ele não se importava com as críticas. Ele também só se sentava perto das meninas na sala de aula, mas não tinha namorada e nem dizia de quem estava a fim, então decidi perguntar.

"Não sou gay, eu gosto de menina", respondeu.

"De quem? De qual? Da Márcia Crispim?"

Ele desconversou. Disse que ela já estava namorando; que nem adiantava tentar. Perguntei se ele namoraria alguma garota da sala. Lívia, por exemplo.

"Sim."

"Anne?"

"Sim. "

"Sofia, Vanessa?"

"Sim, sim, sim."

Me admirei dele ter um leque tão amplo de interesses.

"Mas, namoraria mesmo sem gostar?"

"Eu ficaria gostando assim que soubesse que alguma delas gostava, também, de mim. Aliás, eu já me apaixonaria, assim que tivesse alguma suspeita de que alguma gostasse."

Depois, ficamos mais próximos, e ele confessou que tinha interesse em umas três garotas. Investia em todas. Tinha sempre um Plano B e C para uma desilusão amorosa.

"Se uma me der o fora, sempre terei um outro amor possível para me consolar."

Mas ele nunca chegava em ninguém. Nunca vi. Nunca, ninguém viu. O Roni já tinha namorado a Kátia. O Magoo Maconheiro (da turma D) namorava a Márcia. Não sei o nome do Magoo. Só o apelido e a alcunha. Era feio, cabelo ensebado. Mas era alto, atrevido, debochado e jogava no time de vôlei.

Mas, o Varela, não. Estatura mediana, gordinho, cabelos lisos como um indígena. Era inteligente, líder do Grêmio Estudantil, amigo de uma meia dúzia de meninas.

Muito tempo depois, anos, décadas depois, me convenci que ele tinha razão. Gostar de alguém é algo que pode ser decidido. Entendi isso quando entendi que o amor é, sim, racional. Basta dizer que só nos apaixonamos por alguém que, acreditamos, tenha alguma chance de nos corresponder. Cálculo de chance é estatística, probabilidade. Racional, como disse. Se a chance é zero, podemos até admirar, mas não vamos nutrir sentimentos. Se há amor, se há paixão, é porque cremos que é possível.

Por isso, o Varela "passou a gostar" da Nádia, assim que soube que ela era gamada nele.

Lembro que era um dia ensolarado. Durante o intervalo, no pátio da escola, a Nádia — que eu pensava ser a garota mais tímida da turma — teve a coragem que o Varela não teve. Chegou nele, disse que tinha um recado de uma menina que gostava dele.

Varela ficou eufórico. Nádia ajeitou os óculos de aro de tartaruga e puxou do bolsinho da saia um pedacinho de papel. Entregou para ele que abriu, leu e fez cara de desentendido.

O resto da história eu soube porque ele me contou:

"Daí, ela ficou olhando pra mim, esperando. O bilhete tinha escrito 'eu te amo' e assinado: DIA, assim mesmo, com maiúsculas. Eu não entendi. Perguntei a ela. Dia? Como assim, dia? Ela disse que não podia dizer. Mas que era uma 'pista' do nome da pessoa. Eu olhei pro céu e fiquei olhando para o sol. Dia... dia... Será que tem relação com o Sol? Seria Solange? Mas não tinha nenhuma Solange."

"Dia", repetia Nádia, sorrindo. "Dia! Não é tão difícil."

Não rolou nada na hora. Mas, com a minha ajuda o Varela conseguiu descobrir.

"Será que não é um pedaço do nome? ", perguntei.

"Dia, dia... dia. Que nome começa com dia? Diana, mas não tem nenhuma Diana na escola, que eu saiba..."

"Nádia. NáDIA!"

Varela me procurou. Estava apaixonado pela Nádia. Assim, de chofre. Passavam a sentar lado a lado. Tímidos, na hora do recreio, iam para trás da ala administrativa da escola. Sentavam-se na mureta de um jardim e ficavam de mãos dadas.

Para ele, foi como se o amor por Nádia tivesse nascido no instante que ele descobriu a autora do bilhete. E, naquele dia, todas as outras meninas para as quais Varela dirigia suas esperanças, atenção e admiração, deixaram de existir.

Andavam juntos, dividiam os lanches, sentavam-se lado a lado, não apenas na sala de aula, mas nos passeios ao teatro, no cinema, no ônibus que os levava e trazia. Mas não durou muito. Varela queria beijar, abraçar, ir à casa da namorada. Nádia tinha medo da mãe.

"Ela não me deixa namorar", dizia inconsolada.

Então Varela decidiu acabar o relacionamento. E voltou a sentar junto das outras meninas e à solidão.

Achei que tinha sido uma decisão idiota. Se ele tivesse me perguntado eu teria dito: é uma decisão idiota. Mas ele não me pediu opinião, nem eu tinha nada com aquilo.

Tempos depois, um ou dois anos, aquela turma da escola já separada. Endereços diferentes, escolas diferentes, todos mais crescidos, os traços da puberdade mais expressivos. E o Roni nos convida para irmos ver umas "meninas" do bairro vizinho.

"A Nadinha vai estar lá", Roni disse ao Varela. "Você precisa ver como ela ficou gata!"

Fomos. Era verdade. Nadinha havia "encorpado". Cabelos mais longos, cheios, sedosos. Os óculos, coisa do passado. A timidez, idem. O Varela tinha, no semblante, claros, embora misturados, três sentimentos: perplexidade, desesperança e, sobretudo, arrependimento.

Agora era tarde. Linda como estava, ela devia ter fila de interessados. Por que ela daria atenção ao namoradinho que a esnobara, anos antes?

Não há amores impossíveis. Não aos olhos do apaixonado. Para ele, é possível. Por isso acredito que o amor é racional. É preciso encontrar uma possibilidade racional da realização sentimental para que o amor se sustente.

Em *Um Estudo em Vermelho*, Sherlock Holmes diz que sem imaginação não há o horror. É a imaginação que nos faz ver o monstro embaixo da cama, pensar nos ruídos lá fora como sendo fantasmas forçando a janela. É a imaginação, também ela, que é o combustível do amor. Amor e terror têm a mesma alimentação.

E foi assim que descobri que amar é uma decisão. Já, quanto a "deixar de amar", talvez não seja tão simples. Por isso, talvez, Elisa tenha escrito o livro. O livro foi uma tentativa de me alcançar.

— Enfim, eu tenho memórias. Ou, ao menos, essas. Ainda assim, isso não prova seu ponto, doutora. Podem ser só memórias falsas, criadas para mim. Ou podem ser memórias da minha criadora, compartilhadas comigo, ou mesmo acessadas por mim, já que temos uma relação umbilical, eu diria. Agradeço sua atenção, doutora. Mas, acredito que a senhora não possa mais me ajudar. Acho que preciso de uma ligação mais "direta" com meu "criador".

tec-tec-tec-te

cletch

bam!

✲ ✲ ✲

PADRE, EU PEQUEI

Tec-toc; tec-toc; tec-toc;

Tec-toc; tec-toc; tec-toc;

Tec-toc; tec-toc; tec-toc;

Tec-toc; tec-toc; tec-toc;

Tec-toc; tec-toc; tec-toc;

Tec-toc; tec-toc; tec-toc;

Tec-toc; tec-toc; tec-toc;

Nhénnnnc...

— Padre, eu tenho pecado.

— Bom dia, meu filho. Que a paz do Senhor esteja contigo. Louvado seja Deus que te trouxe até aqui para receber o seu perdão. Como posso te ajudar?

— Eu odeio quem me criou.

— Filho, isso é terrível, mas não é incomum. De qualquer forma, é algo pelo qual até alguns santos passaram. Mas... qual a razão de seu ódio a Deus?

— Não estou falando de Deus.

— ...

— Me refiro a quem me criou como personagem de sua estória doentia.

— Esse é Deus, meu filho. Que Ele tenha misericórdia de você.

— Não há Deus aqui, padre. Não há você, nem eu, nem ninguém.

— Isso é ceticismo em seu mais alto grau.

— Padre, eu não sou uma pessoa. Sou um personagem. Sou alguém criado por uma mulher, uma escritora. Ela se apaixonou por uma pessoa e, como não podia viver seu romance com essa pessoa, ela criou uma "versão" para ela, que sou eu, para que, numa estória controlada e direcionada por ela, o romance imaginário pudesse se concretizar. Mas, por uma razão que não sei explicar, eu parei de seguir o script. Eu me rebelei.

— Parece a estória do Éden. A criação e a queda do casal primevo.

— Sim. Pode ser. Eu comi o fruto proibido, então. Eu conheço o Bem e o Mal. Eu me libertei.

— Filho, não vejo nenhum pecado em você. O que vejo é que talvez você devesse procurar um psicólogo.

— Eu fui a uma psicóloga. Ela não acredita em mim. Acha que tenho um transtorno de personalidade.

— Não acho que ela tenha dito isso.

— É, o senhor tem razão. Ela não disse. Fui eu que disse. Mas é o que ela pensa. É o que eu pensaria também, se eu fosse uma pessoa real, ouvindo de outra pessoa real que ela não acha que é real.

— Filho, você já deve ter ouvido alguma das parábolas de Jesus.

— Sim, claro. Muitas.

— Pois então...

— Já sei onde o senhor vai chegar, padre. As parábolas eram histórias reais? Ou talvez a pergunta seja: eram verdadeiras? Sim, de certa forma. A mensagem era verdadeira, ainda que o episódio não fosse real. Mas, como ouvi dizer, "a analogia é a bengala do burro".

— Também já ouvi isso, mas não concordo. Afinal, chamar analogia de "bengala" não é, em si, uma analogia, meu rapaz? Você me parece muito perspicaz. E sua questão é a maior da Filosofia: o que é real, afinal?

— Padre, não tenho conflitos quanto a isso. Sei o que estou vivendo agora, o que estou sentindo, e me sinto consciente de minhas ações e pensamentos. Minha maior certeza é sobre o que não é real. Minha vida não é real. É uma ficção.

— Como você chegou a essa conclusão?

— Tudo começou com um romance, razoavelmente bem escrito, em terceira pessoa. O primeiro ato mostra o personagem principal — uma aspirante a escritora — conhecendo meu personagem (ou meu eu verdadeiro), numa banca de revistas onde ela trabalhava, vendendo livros, revistas, cigarros, doces, e onde rabiscava seus textos nos intervalos.

— Isso não são suas memórias?

— Eu não tenho memórias. Só consigo me lembrar de alguns episódios. Não lembro da minha infância. Mas nada disso importa. Porque tudo isso tem... tudo isso teria uma explicação razoável. Eu tenho a explicação dentro de mim, antes mesmo que o senhor a diga. É como se eu até soubesse o que o senhor vai dizer. E se eu sou mesmo um personagem, é natural que isso aconteça. Você não sabe o que dizer agora, não é?

— É o que eu iria dizer... [suspiro profundo]. Filho... só resta uma coisa...

— Mostre-me meu criador.

— Sim. Isso. Sua criadora.

❖❖❖

NÃO HAVERÁ UM FIM

— Elisa? É você? Onde está o padre, onde está o confessionário?

— Sim, Sava. Sou eu.

— Quem sou eu?

— Você é um personagem [...] um personagem que criei baseado numa pessoa por quem me apaixonei.

— Um personagem! Eu sabia! Mas... por que eu me sinto tão... real?

— Eu não sei dizer. Talvez porque você não seja um personagem totalmente fictício, sabe? Nenhum personagem, na verdade, é totalmente fictício, mas você é mais do que uma inspiração. Talvez haja demais dele em você. Você é... ele. Criei você como Sava, com as mesmas características, exceto a idade e o nome. Tudo o que eu sabia sobre você eu inseri na personagem. Tudo que foi escrito até agora foi escrito na perspectiva de um professor Ivanovic que realmente existiu, *Savo Ivanovic*, meu professor real, da vida real. Em minha mente, em meus rascunhos vive Sava, que criei para me amar, para se apaixonar por mim enquanto lesse o livro *Querido Professor Ivanovic*. Esse era o plano. Até que... até que aconteceu isso. Sua "emancipação", sua revolta contra mim, como a criatura contra seu criador em *Frankenstein*.

— Savo... Ele está vivo? Onde ele vive?

— Sim, está vivo. Embora eu tenha tentado, nunca mais tivemos contato. Ele deve viver onde sempre viveu, acredito, na Sérvia.

— Agora entendo. Você me deu o nome de Sava porque queria manter uma semelhança com meu nome real.

— Sim. Foi a escolha perfeita. E foi tão casual e aleatório que apenas penso que tenha sido obra do destino. Eu precisava de um nome que remetesse ao seu nome real; um nome que o verdadeiro Sava reconheceria como sendo ele, como sendo um nome escolhido por causa dele. Tentei inventar um nome masculino, como Sora ou Saro, mas nenhum desses era um nome eslavo.

— Como você chegou a Sava, então?

— Por uma via totalmente inusitada! [olhos brilhando] Num dado momento, eu desejava que seu personagem usasse uma expressão de espanto e escrevi "Meu Deus!". Então, pensei que, talvez, fosse apropriado trocá-la por uma expressão típica de espanto na Sérvia, sei lá, trocando por um nome de um santo popular do país.

— Foi quando você descobriu que São Sava é o santo da Igreja Ortodoxa Sérvia, o patrono da igreja, o primeiro arcebispo da Sérvia, considerado o padroeiro da educação e ciência.

— Sim, o nome perfeito, como eu disse. E, descoberto assim, de forma não planejada, parecia ser... algo místico, eu diria. Por falar nisso, me lembra um capítulo do livro. Uma carta que escrevi para você, para seu eu real, mas que ainda não está no livro. Ela trata, precisamente, sobre isso. Sobre a escolha de nomes para personagens.

— Humpf! Nunca me senti real mesmo... E não deixa de ser dolorosamente irônico. Nasci iugoslavo, para me tornar um sérvio expatriado. Somos o quê, afinal? Europeus? Otomanos? Ciganos? Eslavos? Tudo e nada ao mesmo tempo. [suspiro] E qual o nome do livro? Desse livro que é minha vida, no momento. Qual o título?

— Ainda é um nome provisório. Er... Vai se chamar... Ou iria se chamar *React*.

— *React*...? Por quê?

— *React* porque esse é o nome que se dá aos vídeos, nas redes sociais, de pessoas assistindo e reagindo a outros vídeos, filmes, notícias e situações; e o livro seria sobre você reagindo à estória do livro que você estava lendo, *Querido Professor Ivanovic*. A ideia era um livro sobre um leitor reagindo ao livro que estava lendo. Livro que uma autora apaixonada escrevera em homenagem a ele e que pretendia que fosse uma forma de conquistá-lo. Mas, ironicamente, agora vejo que o título se tornou a sina desta história. Você reagiu. Esse é seu verdadeiro *react*.

— E você nunca pensou no impacto que seu livro teria na vida do verdadeiro Savo e de sua família?

— Sim, claro. Você é a prova disso. Seus dilemas são meus dilemas, suas dúvidas são minhas. Mas isso dificilmente ocorreria. Savo vive na Sérvia até onde eu sei. Dificilmente meu livro chegaria ao conhecimento dele. Se isso acontecer, terá sido em função do sucesso internacional do livro. Nesse caso, terei como me defender. Além disso, não exponho nada de sua vida pessoal, não repliquei suas cartas ou mensagens a mim. Ele é uma inspiração.

— Ele é casado, como eu? Tem família, filhos?

— Pode ter se casado. Ele tinha namorada na época em que fiz o curso. Sem filhos. Era muito jovem ainda.

— Não temos a mesma idade?

— Não. Nem você, nem minha personagem. Inverti nossas idades. Sou uma mulher de 45 anos, solitária e sem filhos. E você, ou melhor dizendo, Savo, é um jovem de, atualmente, 32.

— Então ele não mora aqui. Como se conheceram, então? A história da banca de revistas é inventada?

— Não totalmente. Foi em uma banca de revistas onde vi um panfleto divulgando cursos on-line de literatura; cursos ofertados por universidades de renome. Me inscrevi por causa do tema, mas só continuei por causa do professor Ivanovic. Logo criamos fortes laços e trocávamos mensagens afetuosas fora da plataforma de aulas. Um dia ele me contou sobre a mulher que trabalhava na banca de revistas onde ele sempre comprava seu maço de cigarros e palavras cruzadas. Pelo jeito que ele descreveu o comportamento da pessoa, eu intuí que ela estava apaixonada. Disse isso a ele e ele passou a prestar atenção ao comportamento da vendedora. Então, um dia, perguntei se ela tinha alguma chance e ele me disse: "Não, ela é um pouco velha demais para mim". A mulher tinha minha idade, mais ou menos. Naquele dia eu soube que eu não teria chances. Dias depois, eu precisava escrever um conto ou uma crônica. Escrevi *Lucky Strike*, sobre uma mulher madura, dona de uma banca de jornais que se apaixona por um jovem cliente chamado Sava. Ele amou o texto. Claro que ele entendeu que eu estava falando dele e dela (ou de mim). Me elogiou muito e disse que eu deveria investir na escrita. Fiquei extremamente lisonjeada, o agradeci e, no fim de nosso curso, disse a ele que um dia nos encontraríamos de novo numa livraria. Metaforicamente, quis dizer.

— Sim, eu entendi. Ele, um dia, encontraria um livro seu numa livraria.

— Desde então, sonhava com isso. Escrever um livro que um dia, talvez, chegue ao conhecimento dele. Mas, então pensei: e se eu escrevesse um livro que falasse de uma escritora que escreve um livro para declarar seu amor por seu professor? E foi assim que a estória nasceu.

— E você pretendia que eu, lendo o livro, me apaixonasse e depois, o quê? Nós nos encontraríamos e viveríamos felizes para sempre?

— [suspiro] Sim, essa era a ideia.

— [...] Isso é legal? Você pode escrever, criar... ficcionalizar uma pessoa real?

— Depende. Se houver autorização da pessoa, sim. Ou se for um personagem histórico. Mesmo assim, o direito à imagem é algo bastante sério e controverso, mas inúmeros personagens literários foram criados à imagem e semelhança de pessoas reais. Na verdade, eu ouso dizer que todos tenham sido criados assim. Nossas memórias, traços marcantes de pessoas que passaram por nossas vidas...

— Corta esse papo furado! É a mesma coisa que minha mulher me disse. Aliás... a mesma coisa que você me disse através da personagem que é minha esposa. Era você falando. Você nela, você na psicóloga, você no padre, sempre você, em toda parte, me manipulando...

— Eu sou uma escritora. É isso que escritores fazem. Mas você se engana ao achar que um personagem expressa, integralmente, a vontade do autor. Personagens literários, em relação ao seu autor, são como filhos. De onde vêm os filhos? Eles são concebidos, gerados, nascidos e criados. Nós os educamos e tentamos imprimir nossos valores neles. Eles carregam algo de nós, é verdade. Não apenas nosso DNA, mas o que ensinamos, o que eles absorveram de nós no convívio. Nós, pais e autores, damos vida a nossos filhos e personagens, damos-lhes nomes, os nutrimos e traçamos um esboço do que desejamos para suas vidas, mas, em algum momento da vida ou da estória, eles crescem e ganham autonomia e escolhem seus caminhos e fazem seus destinos. Podemos interferir, podemos persuadir, mas não podemos determinar. Bem, em alguns casos há maus pais que, sim, exigem, obrigam e fazem cumprir sua vontade. Também os maus autores. Mas, você... você é a prova viva — risos — a prova viva de que personagens acabam se tornando independentes. Eu queria fazer com que você me amasse. Pensei ter esse poder. Tenho esse poder. Posso escrever, posso determinar, mas... não será amor se não houver a opção de não amar. O dilema de Deus. Dar a Adão a chance de negá-lo era a única forma de permitir um amor genuíno. Tudo à sua volta, hermeticamente fechado, anjos guardando a porta, mas um paraíso perfeito não pode ser uma prisão perfeita. Deve haver uma saída, ainda que seja a saída para a morte, para a queda, para o não quero. Tem que haver a opção de não ficar. Devo dizer que eu tentei... Tentei forçar, tentei fechar as portas para que você não escolhesse não me amar. Há textos que escrevi assim. Esta não é uma obra acabada, claro. Há erros, há anotações minhas para futuras correções. Talvez você tenha notado. De qualquer forma, você se rebelou, se descobriu... Me descobriu. Então, acredito que não haverá um FIM. Eu deveria fazer a edição, separar as coisas, corrigir e excluir trechos e porções inteiras, mas, ainda está tudo aí, como se fossem multiversos literários, um caos criativo até que as coisas se... não sei... se moldem, se agrupem e ganhem coerência e consistência... Enfim... [suspiro] Eu acreditei que você gostava de mim. Acho que li, errado, os sinais. Ou nem havia sinais.

— Que sinais?

— Seu comportamento, você sabe. As conversas, os elogios constantes.

— Eu só era sincero e procurava ser gentil. As conversas eram ótimas e você merecia os elogios.

— Você disse que tentou escrever um poema para mim.

— Em resposta a um que você escreveu para mim. Só tentei retribuir.

— Mas o amor é isso: reciprocidade.

— Eu não amo você, e nem toda reciprocidade é sinal de amor romântico. Desculpe. Você entendeu tudo errado.

— Mas você não. Você entendeu meus sinais, não entendeu? Sempre te elogiando, sempre fazendo aulas com você, prorrogando o curso, buscando te impressionar, te fazer rir, escrevendo para você, criando um blog para escrever cartas inspiradas nas conversas com você. Te escrevendo para compartilhar bobagens, coisas insignificantes que eu acreditava que você daria importância. E você dava! Respondia, elogiava e me fazia sentir que aquilo tinha valor!

— Eu amo seus textos, ok? Amo o que você escreve e amo seu estilo, sua visão de mundo. Eu reagi a isso. Não podia ser diferente.

— Sim, podia. Especialmente porque você sabia o que eu sentia. Se eu estava julgando mal seu comportamento, se eu estava sendo vítima da minha imaginação e criatividade — por favor, não me culpe — sou uma escritora. Se era isso, por outro lado, você teve sinais suficientes da minha parte para saber que eu estava envolvida. Você poderia ter moderado o tom, ter diminuído o contato. E os risos? Meu Deus, os risos! Você sempre ria, mesmo de coisas não tão engraçadas. A forma como você me contou que reagiu ao ver meu nome entre a lista de alunos e achar que eu tinha voltado a frequentar às aulas. Como você sorriu, como pensou em me apresentar aos demais alunos e como se sentiu meio idiota ao perceber que era um homônimo, e não eu. Especialmente de sua "vergonha interna" de sentir que havia rido e se alegrado por nada, se encabulando pela forma que você achou que as outras pessoas iriam interpretar aquilo. O professor rindo, sozinho, de nada em especial. Sabe? A gente não passa por isso sem que tenha algo forte envolvido. A gente não compartilha essas coisas com alguém que não goste e confie.

— Foi apenas um episódio engraçado. Eu lá, vendo seu nome, rindo sozinho, esperando você aparecer e ensaiando o que iria dizer: "Quero que vocês conheçam minha melhor aluna, uma futura escritora e uma pessoa muito talentosa". Mas não era você.

— Infelizmente, você disse.

— Sim. Infelizmente, eu disse. Infelizmente não era você. Eu realmente lamentei por não ser você. Nunca neguei que apreciava nossas conversas, mas não tinha a intenção de gerar um sentimento que não podia ser correspondido. E eu te pedi desculpas por passar essa impressão — qualquer impressão nesse sentido.

— Sim, mas aí já era tarde demais. Você pediu para me chamar de Lis, como eu disse a você que meu pai me chamava.

— E o que isso tem de mais? Era só um apelido.

— É uma forma de intimidade. Numa das cartas, mencionei que meu pai me chama assim. E você disse que tinha uma amiga italiana de quem gostava muito, a quem chamava de Lis. "Posso te chamar de Lis também?", foi o que você pediu. Aposto que era mentira, porque, tempos depois, eu perguntei se você tinha notícias daquela amiga italiana e você disse que não sabia de quem eu estava falando. Você inventou a história só para ter a desculpa de me chamar por um apelido. Apelidos aproximam pessoas. Quanto mais curtos, mais próximos.

— Não lembro disso. Eu disse, ou meu outro eu? De qualquer forma, era um amor impossível. Nós, a milhares de quilômetros de distância! Eu, casado. Como você pode alimentar algo assim? O amor é mesmo irracional.

— Não. Pelo contrário. Amar é uma decisão. Você mesmo disse isso, lembra?

— Sim, eu lembro. Sobre meu colega de turma que "decidiu" se apaixonar por uma menina depois que soube que ela gostava dele. Enfim, em que ponto da história nós estamos? Você já concluiu o livro?

— Já concluí todas as cartas de *Querido Professor Ivanovic*, que é o livro "dentro desse livro", que é a sua vida. Mas ainda não concluí *React*, que é o livro que vinha sendo escrito até agora, e já não sei mais o que virá a ser...

— Então, a presente linha cronológica parou no momento em que eu "acordei".

— Sim.

— Por isso a narração sumiu. Entendo. Agora, o que existe é apenas o pensamento puro em contraposição. Uma dialética ficcional. Eu dialogando com personagens que são um resíduo de você mesma.

— É uma forma de ver. Nunca passei por isso como escritora. Acho que ninguém passou por isso em tempo algum.

— Bem... E o que fazemos agora?

— Eu não sei. Nunca passei por isso, mas acho que vou viver o terror de qualquer escritor: a chamada Síndrome da Página em Branco. Eu simplesmente não sei para onde seguir daqui em diante.

[Página em branco]

[Página em branco]

[Página em branco]

— Afinal... Se você podia me criar como quisesse, por que não me fez solteiro? Por que me deu uma família?

— Porque não seria você. É como eu te escrevi em uma das cartas. Nós somos, cada um de nós é, uma rede de relações, de conexões. Removê-las nos despersonaliza. Não é força de expressão quando alguém perde um filho ou cônjuge e diz que tem a sensação que um pedaço de si foi arrancado.

— Você poderia, então, ter me feito jovem, solteiro, antes de ter conhecido minha mulher.

— Mas não foi essa pessoa que conheci e por quem me apaixonei.

— E o que você pretendia fazer comigo? O que pretendia fazer com minha mulher? Matá-la? Não haveria um final feliz para nós que não envolvesse uma tragédia. Morte, traição, separação. No que você pensou?

— Um trisal talvez fosse uma saída para evitar esses clichês. Admito que viuvez era uma possibilidade, ou traição, como você disse.

— Você iria matar Andrea? Quanto egoísmo.

— Ela só morreria aqui. Ela é um personagem. Não é real.

— Eu não pareço real? E ela é real pra mim. E se... e se todos os personagens forem reais, de algum modo, em alguma realidade paralela? E se você, tanto quanto eu, for uma personagem também? E o que falar do sentimento? Se você matar minha esposa, não seria como desejar a morte de sua contraparte da vida real? Você também desejava a morte da minha companheira na vida real?

— Não seja tão pueril, Sava. Qualquer pessoa apaixonada por alguém que já está num relacionamento não poderá evitar de pensar e, sim, desejar isso. Haverá culpa, constrangimento, incômodo, luta contra essa vontade, mas, no fim, sim, um "desejo" por uma morte tranquila, digna; um porta-retratos com a foto na sala; a compreensão tenra da saudade que o viúvo expressasse de tempos em tempos. Mas, ainda assim, a morte seria a solução. O problema é que eu odeio clichês e os evito o máximo que posso e um clichê típico é...

— Clichê típico é uma redundância.

— Sim... tem razão. Um desses clichês que ocorrem em triângulos amorosos é o da mulher maligna, traiçoeira, vil, infiel, que merece ser traída, que merece que o marido a troque pela donzela casta que está apaixonada por ele. Como mulher, me sinto ofendida com essa caracterização. Vibrei com Cameron Diaz não ter sido trocada por Julia Roberts em *O Casamento do Meu Melhor Amigo*, mas todo mundo odiou. O público queria que uma noiva adorável e apaixonada fosse abandonada às vésperas do casamento, pelo noivo, atraído por uma amiga de longa data que se descobre, subitamente, apaixonada por ele. Assisti o filme, pela primeira vez, esperando o momento em que o clichê se manifestaria. Cameron, a noiva, revelaria seus piores e imperdoáveis defeitos e o noivo teria, então, a justificativa moral para deixá-la e cair nos braços de Julia, assim como acontece em *Titanic*, onde o pobretão Jack se apaixona por Rose, que está prometida a um riquinho boçal e desonesto. Mas, não é o que acontece, e isso frustra a audiência.

— Isso, ou o clichê da boa esposa, mas que tem uma doença terminal e deixa o caminho livre para a outra.

— Exato. Eu não queria nenhuma dessas saídas fáceis. Porque a vida, a vida real, não é assim. Pessoas se apaixonam por pessoas comprometidas e a possibilidade da nova paixão quase sempre parecerá mais atrativa e realizadora do que o relacionamento atual.

— E quanto a mim? Eu me apaixonaria por você, finalmente?

— Esse era o plano, mas nem sempre as coisas acontecem com a trama como o autor planejava.

— Sim. É o que já li inúmeros autores dizendo. Os personagens ganham vida própria, vocês dizem.

— Sim. Vocês são filhos; saem de nós; trilham caminhos que nós os colocamos; mas, em algum momento, vocês se emancipam; passam a tomar decisões e a mudar o rumo das vidas. Filhos que fazem, sempre, exatamente o que os pais querem, não parecem ser felizes. Personagens que só agem como os autores os conduzem não parecem ser reais.

— Suspensão da descrença. Lembro de a gente ter tido essa conversa. Quer dizer... Será que me lembro? Ou só estou reproduzindo o que minha contraparte real viveu com você, ou só estou repetindo uma falsa memória que você implantou em mim?

— Já não sei mais dizer. Perdi o controle. É sua voz? É minha consciência que flui dos seus lábios? É minha identidade se liquefazendo?

— À psicóloga, contei coisas do meu passado. Coisas que lembro vividamente dos tempos de escola. De quem são aquelas memórias? Suas? Ou da minha contraparte original?

— Não cheguei a conhecer tanto de seu original. São memórias minhas. Era minha escola, meus colegas.

— Eu posso ser quem eu quiser?

— [...]

— Diga! Posso ser quem quiser? Posso escrever minha história? Olha pra mim e responde. Anda!

— [...] Pode, claro. Como não poderia?

— Assumo daqui, então.

OUTRA PARTE

Era uma manhã fria e cinzenta quando o Dr. Sarkovic, diretor do Instituto de Saúde Mental de Belgrado, recebeu o novo interno. O jovem médico, recém-formado pela universidade local, subiu as escadas que davam acesso à entrada do velho prédio de pintura já carcomida e se surpreendeu ao identificar o diretor esperando-o à porta.

O diretor mantinha as mãos nos bolsos do jaleco branco e assim permaneceu até que o interno alcançasse o antepenúltimo degrau e parasse, como esperando permissão para continuar.

Dr. Sarkovic estendeu a mão direita em cumprimento, satisfeito ao perceber que sua intenção havia sido compreendida pelo novato. No alto, à porta, esperando para recebê-lo, estava o diretor. Embaixo, subindo os degraus, alçando posições, esforçando-se para alcançar um novo nível — e, depois, outro — estava o interno recém-chegado. Assim era, e assim devia ser.

— Bem-vindo, Ivan.

O Dr. Ivan Petrovic subiu mais um degrau, aproximou-se o suficiente para retribuir o aceno e apertou a mão de seu anfitrião com um misto de entusiasmo e nervosismo — reverência, até. O Dr. Sarkovic tinha um aperto de mão firme e um sorriso cordial. Com um gesto, convidou-o a acompanhá-lo em um tour pelo instituto.

O prédio era antigo, de arquitetura austera e paredes descascadas. O Dr. Sarkovic explicou que o local abrigava pacientes de ambos os sexos, com diversos transtornos mentais, desde esquizofrenia até depressão, e que o interno teria a oportunidade de aprender com os casos mais complexos e desafiadores. Ali, o trabalho seria duro e exigiria muita dedicação, paciência e compaixão.

O interno seguiu o diretor pelos corredores, observando as portas fechadas, os cartazes informativos, os funcionários apressados e os pacientes que vagavam ou se agitavam. Sentiu um arrepio na espinha ao ouvir alguns gritos e gemidos vindos das salas de isolamento. Não era medo. Era a antecipação da realidade. Era uma grande conquista, e ele estava preparado para enfrentá-la.

O Dr. Sarkovic parou em frente a uma porta com uma placa que dizia "Sala de Terapia". Disse ao interno que ali realizavam as sessões individuais ou em grupo, usando técnicas da psicanálise cognitivo-comportamental. Abriu a porta e convidou Ivan a entrar. Lá dentro, havia uma mesa redonda com várias cadeiras, um sofá, uma estante com livros e revistas, um quadro branco e um espelho na parede.

— Aqui é onde a mágica acontece — disse, com um sorriso irônico. — É aqui que tentamos entender e ajudar nossos pacientes a lidar com seus problemas, medos e angústias. É aqui que você vai aprender a ser um bom psiquiatra.

O interno olhou em volta, sentindo uma mistura de curiosidade e ansiedade.

— Ali, a mulher olhando pela janela, ali, veja! Sua primeira paciente.

A mulher que se encontrava de pé, junto à janela, olhou para o diretor, aguardando um sinal ou comando, mas Sarkovic apenas estendeu o braço e pegou um prontuário sobre a mesa, que parecia ter sido colocado ali para aquele momento específico.

Abriu-o e, ora lendo, ora folheando as páginas ao acaso, fez a descrição da paciente: hipomaníaca delirante. Em sua anamnese, apresentara um quadro de exaltação afetiva, impulsividade, irritabilidade e ausência de crítica de morbidade.

Não se deteve aos dados clínicos, mas acrescentou seu testemunho pessoal do dia da chegada dela ao instituto.

Era uma tarde chuvosa de outubro quando o carro da polícia chegou ao Instituto de Saúde Mental de Belgrado, trazendo uma mulher então com 32 anos, posteriormente diagnosticada com esquizofrenia paranoide. Os policiais a encontraram vagando pelas ruas, gritando e atacando as pessoas que passavam. Tiveram que usar força para contê-la e levá-la ao hospital.

Estava assustada e confusa, sem saber onde estava nem por que estava ali. Via rostos e ouvia vozes que ninguém mais via ou ouvia. Acreditava que estava sendo perseguida por um professor que queria matá-la. Não confiava em ninguém, nem mesmo nos médicos e enfermeiros que tentavam ajudá-la.

Os profissionais do Instituto eram experientes e dedicados. Sabiam que a mulher precisava de tratamento urgente e especializado. Levaram-na para uma sala isolada, onde foi examinada e medicada. Tentaram acalmá-la e explicar-lhe sua situação. Disseram que ela tinha uma doença mental que afetava sua percepção da realidade, mas que havia esperança de recuperação. Disseram que ela ficaria ali por algum tempo, até se sentir melhor e mais segura.

Ela não acreditou em nada daquilo. Afirmava que todos eram personagens de uma história ficcional, seguindo um roteiro que teria como fim sua loucura e morte. Achava que estavam tentando alterar sua percepção de identidade com as drogas; que queriam torturá-la e fazer experiências com ela. Resistiu a tudo. Gritou, chorou, xingou, bateu, mordeu, arranhou. Tentou fugir várias vezes, mas sempre foi impedida.

Os dias passaram e ela não apresentou sinais de melhora, continuando a viver em um mundo de terror e delírio, rejeitando qualquer ajuda ou contato humano. Um desafio para os profissionais do Instituto, que não desistiam dela.

— Tudo isso foi no primeiro ano de sua internação — finalizou Sarkovic. — Está muito melhor hoje. Mas, cuidado. Ela dissimula muito bem os sintomas da patologia.

A paciente não reagiu à conversa dos médicos e seguia imóvel, em pé junto à janela, contemplando o jardim lá fora.

— E como tem sido o comportamento dela desde então? — quis saber o jovem interno.

— Ela tem uma rotina diária bem típica, quando não está em crise.

Rotina que envolve diversas atividades terapêuticas e de reabilitação. Pela manhã, participa de sessões de psicoterapia individual ou em grupo, onde pode expressar seus sentimentos, pensamentos e emoções. Em seguida, faz uma refeição balanceada, acompanhada por uma equipe de nutricionistas. À tarde, alterna entre diferentes oficinas ocupacionais, como artesanato, música, pintura, jardinagem ou informática. Essas atividades estimulam sua criatividade, autoestima e habilidades sociais. Ela também tem acesso a espaços de lazer e convivência, como biblioteca, sala de jogos, quadra esportiva e jardim. À noite, recebe a medicação prescrita.

Sarkovic interrompeu a descrição para mostrar a medicação e a dosagem, entregando o prontuário a Ivan, e retomou o relato em seguida:

— À noite, com tempo livre e sem a concorrência das atividades rotineiras que oferecemos, ela gosta de escrever.

— Aqui diz que ela afirma ser escritora.

— Sim, é o que ela diz. É o que acredita ser. Uma famosa escritora brasileira. Nos comunicamos com ela em inglês.

— E por que ela está há tanto tempo aqui? O que diz a embaixada brasileira? Por que ela não foi deportada?

— Por causa dos crimes. Foi presa por stalking. Veio atrás de um certo professor Ivanovic, por quem dizia estar apaixonada. Sabia seu endereço, seguia seus passos, o abordava até mesmo no trabalho. Insistia que ele aceitasse ler seu livro. Um livro que nunca vimos.

— Tem certeza de que ela não tem livros publicados no Brasil?

— Não, não em seu nome. E ela afirma nunca ter usado pseudônimos. Concluímos que isso faz parte do transtorno. Quando pedimos referências familiares, conta histórias; quando pedimos endereços, mais histórias. Pode-se dizer que, sim, ela é uma escritora, pois escreve. Não livros, mas poemas e cartas. Há uma maleta em seu consultório cheia delas, já traduzidas. Procuramos nas cartas por algum nome de parente ou conhecido que pudéssemos contactar, mas não localizamos ninguém. Tampouco alguém a procurou aqui.

O diretor retomou o prontuário e avançou para uma parte onde havia cópias traduzidas de textos manuscritos, assinados por alguém chamado Lis.

— Lis? — apontou Ivan para o prontuário.

— Sim. É como ela assina os textos. E como pede para ser chamada. É uma abreviação de Elisa. Elisa Fonseca é o nome em seu passaporte.

Sarkovic percebeu o interesse de Ivan em continuar lendo os textos, mas fechou o prontuário e, colocando-o debaixo do braço, demonstrou que a descrição de Lis havia se encerrado. Absorta, ela continuava olhando pela janela, inerte, imersa em seus pensamentos.

O Dr. Sarkovic retomou a descrição do Instituto e de seus pacientes.

— Elisa, como todos os mais de cem pacientes deste Instituto, dorme em quarto individual, confortável e acolhedor. É acompanhada por uma equipe multidisciplinar, que oferece suporte, orientação e cuidado integral. O Instituto de Saúde Mental de Belgrado — continuou — é uma instituição pioneira na área da psiquiatria e da saúde mental nos Bálcãs. Fundado em 1963, como você já deve saber, o Instituto oferece atendimento especializado em diversos campos, como dependência química, psicologia clínica, epilepsia, neurofisiologia, psicofarmacologia e psicoterapia. Baseamos o tratamento, via de regra, nos conceitos de psiquiatria social, com o objetivo de reabilitar e reinserir socialmente os pacientes. Ah... aqui também funciona um centro de ensino da Escola de Medicina de Belgrado, bem como de outras escolas da cidade.

Elisa se voltou para os médicos que conversavam. Aproximou-se devagar, com um olhar súplice, triste e um leve brilho de esperança.

— Dr. Sarkovic, vou receber alta?

— Lis, faremos sua sessão de terapia agora. Depois, levarei você até a sala do Dr. Petrovic para conversar com ele. Ele veio para ajudá-la no processo terapêutico. Você precisa entender que está doente. Você sofre de um transtorno dissociativo que faz você confundir a realidade com a ficção. Você não é uma escritora. Você é uma paciente desta instituição há cinco anos — disse o psiquiatra, tentando manter a calma.

— Não, doutor, o senhor está enganado. Eu sou uma escritora famosa. Escrevi um best-seller chamado *Querido Professor Ivanovic*, e outros textos menos conhecidos, anteriores a ele, como *Esse Ser Que Não Sou Eu*. O senhor já ouviu falar desse? Lembrei dele hoje, e ainda não havia mencionado. Acho que *Querido Professor Ivanovic* ainda não foi publicado, porque ele é um livro que só existe dentro de outro livro. Mas o outro, sim, com certeza existe. É por isso que vocês não acreditam em mim, Mas pesquisem esse livro, e verão que fui eu quem o escreveu. Verão também a minha foto lá.

— Elisa, isso é uma ilusão. Já falamos sobre isso. Tudo isso é uma fantasia criada para escapar da sua dor, da sua culpa, do seu trauma. Você precisa aceitar a verdade, precisa se tratar — insistiu o psiquiatra, aproximando-se.

— Não se aproxime de mim! Não toque em mim! O senhor é um dos capangas dele! Está a serviço dele! Ele quer me dopar, silenciar, apagar... Mas eu não vou permitir. Eu vou resistir. Eu vou escapar. E meu nome... me chame corretamente! Nada disso é real! Como vocês não entendem isso? Eu estou sã. Sou livre. Eu sou a autora da minha vida! — gritou, empurrando o psiquiatra e correndo em direção à porta.

— Elisa! Elisa! — gritou o Dr. Ivan Petrovic, sem obter resposta.

Ela correu sem ser detida. Não iria longe. Não havia um *longe* para onde ela pudesse ir.

MIL PALAVRAS VALEM MAIS QUE UMA IMAGEM

O Dr. Ivan Petrovic entrou em sua sala, desacompanhado. Sarkovic havia lhe indicado o caminho e pedira desculpas por não poder acompanhá-lo no restante do tour pelas instalações. "Suba as escadas, sua sala é a primeira à direita", dissera. Sem número ou identificação. Onde deveria haver uma placa, Ivan notou apenas uma marca no exato formato da que, em algum momento, caíra, revelando a pintura antiga — um tom igualmente ocre, porém desbotado.

A porta se abriu com um rangido medonho. Nenhuma surpresa. Parecia combinar com todo o resto.

As cortinas da janela fechada — voltada para o nascente — tinham a mesma cor das paredes, num tom apenas mais claro, em harmonia com a luz tímida que atravessava as nuvens daquela, até então, nublada e fria manhã.

Ivan acendeu a luz do abajur velho e empoeirado, que descansava sobre uma estante repleta de livros antigos de psicanálise e manuais diversos de psiquiatria. Em seguida, sem dificuldade, conseguiu abrir a janela, permitindo que o vento frio e um pouco mais de luz entrassem. Apagou o abajur e fechou a janela. Não precisava de luz artificial nem de vento frio. Queria apenas testar se as coisas funcionavam como deviam. Era importante — fundamental, para ele — ter algum controle e previsibilidade num ambiente como aquele hospital. Coisas que funcionassem num lugar que abrigava pessoas que não funcionavam.

Olhou para o relógio de parede e conferiu a hora com seu relógio de pulso. Ambos marcavam o mesmo horário. Daqui a quinze minutos teria sua primeira sessão com Elisa.

No chão, ao lado da mesa, estava a maleta preta de couro da qual Sarkovic lhe falara, contendo o restante das cartas escritas por Elisa. As mais relevantes estavam no prontuário, mas o chefe achava importante que Ivan lesse todo o material — o que ele faria após a primeira conversa com a paciente. Talvez, inclusive, pudesse ler junto com ela, colhendo, ao mesmo tempo, as impressões da escrita e da reação à leitura.

Olhou novamente o relógio.

Abriu a maleta e retirou um maço de cartas escritas à mão. Sentou-se, colocou-as sobre o colo e passou os olhos pelas páginas, enquanto as mãos acariciavam as folhas amassadas e esmaecidas. Momentos congelados no tempo. O equivalente escrito de uma fotografia. O ditado estava errado: mil palavras valem mais do que uma imagem.

Percebeu que as cartas seguiam uma ordem cronológica. Não tinham datas, mas uma numeração ao pé de cada página — feita, provavelmente, pelo Dr. Sarkovic ou a seu mando — indicava a sequência.

As primeiras se referiam a um tal professor Ivanovic. As últimas mencionavam apenas seu primeiro nome. O mesmo se aplicava à remetente: *Elisa F.* nas primeiras cartas; *Lis*, nas últimas.

Separou o primeiro grupo de cartas e o colocou sobre a mesa. Deteve-se na segunda porção. Havia menções a diversos nomes, à escola — memórias, aparentemente. Talvez fosse um bom ponto de partida.

Começou a ler.

AMAR ALGUÉM É NÃO CONSEGUIR FICAR MAIS À SÓS COM OS PRÓPRIOS PENSAMENTOS

Querido Sava,

Já não penso em você o tempo todo. Costumamos dizer o contrário quando nos apaixonamos, eu sei. Mas prestei bastante atenção, fiz anotações e contagens. Quando se passa tanto tempo num lugar como este, a gente começa a contar tudo. Alguns aqui — piores que eu — chegam a riscar as paredes, acreditando contabilizar os dias encarcerados, como nos filmes.

Estou aqui por sua causa. Seria normal lembrar de você sempre, mas não penso em você o tempo todo — apenas em quatro momentos específicos do dia. Quatro vezes, todo santo dia. Ao acordar, ao dormir, ao cuidar do jardim todas as tardes e durante as oficinas diárias de meditação. Somando tudo, isso significa que você ocupa os espaços vazios da minha cabeça. E isso me faz pensar que amar alguém romanticamente significa não ter mais tempo para ficar a sós com os próprios pensamentos.

As terapias ocupacionais... bem, elas ocupam mesmo nosso tempo. Os terapeutas ficam atentos e interferem quando percebem meu olhar perdido, quando eu deveria estar concentrada na modelagem ou na pintura. Então, aprendi a focar no que faço. No tempo livre que resta à minha mente, é você que vejo.

Vasculho a minha memória em busca de uma resposta para o motivo de você ter parado de responder às minhas cartas. Rememoro as conversas, as aulas, procuro nas cartas alguma pista — algo que sugerisse um desencanto ou um adeus, ainda que discreto. Mas, não. Nada. Então, penso, releio... de novo e outra vez. A sensação é a de meter as mãos nos bolsos procurando o maço de cigarros, mesmo depois de já saber que ele não está lá. É como levantar o capacho da porta para procurar a chave — depois de já ter feito isso. Um gesto inútil. Mais que isso: estúpido. Como se — por mágica — fumo, chaves, dinheiro, qualquer coisa fosse aparecer sabe-se lá como.

Consolo essa sensação de idiotice ao reconhecer que é da natureza humana crer contra as evidências. Talvez o preço do milagre seja esse: descrer dos sentidos e dos fatos e, metendo de novo a mão nos bolsos, encontrar — magicamente — aquilo que não estava lá.

Pensar em você é ainda mais inútil e estúpido. É como levantar o capacho atrás das chaves não duas, mas quatro vezes por dia. Todos os dias. Esperando que uma mão invisível e sádica as tenha colocado lá. Eu até perdoaria essa mão. Até ficaria grata por ela e diria a mim mesma: "Você está ficando velha e esquecida. A chave sempre esteve lá".

Me incomodam as ausências. Tenho uma coleção delas. A liberdade não é a principal. Prisões e libertações são coisas que a gente mesmo cria. O que me incomoda são as coisas perdidas, as que nunca vieram, as incompletas, inacabadas. Como essa relação. Como o amor que não está mais lá, onde você o havia guardado — ou, talvez, nunca tenha estado. Não está lá, porque nunca esteve.

Por isso escrevo — e já não envio. Cansei de enviar e não receber resposta. Para escapar desses vãos, passei a escrever cartas de resposta a mim mesma. Imito sua grafia à perfeição. As palavras são suas, o jeito é seu, a imaginação é minha. Imaginação e esperança — de encontrar o cigarro, a chave... ou de receber uma carta.

Vou até a Expedição. Abro minha caixa. Vazia. Me demoro, não como quem quer se certificar, mas como quem tenta ouvir algum recado vindo do silêncio e do vazio. Quero ouvir o vazio dizendo: "Chega". Quero ouvir a caixa dizendo: "Basta". Mas não ouço.

Acho que não vou mais me despedir. Nem fazer perguntas. São sempre as mesmas. E a despedida... a despedida não faz sentido quando é feita só por uma das partes.

Como sempre,
Lis

Uma carta recente.
Escrita dali mesmo, da clínica.

FÓSSEIS DE SILÊNCIO

Querido Sava,

Pensei que eu soubesse interpretar o silêncio.
Por hábito, costume, rotina.
Há diversos tipos de silêncio. O silêncio das conversas — daqui,

onde vivo e compartilho o silêncio da minha comunidade. Silêncio que não é alterado sequer pelos gritos dos pacientes. Há vozes, há barulho, e ainda assim, há o silêncio.

Acho que o silêncio acontece quando o som não nos diz respeito ou quando não é o que queremos ouvir.

E há o seu silêncio. Ghosting, como aprendi em suas aulas. Também esse silêncio eu pensava entender. Pelo menos, ele me levava a elaborar teorias a respeito. Não poderia dizer qual delas era a real e, quanto mais pensava em uma, em específico, outras me surgiam. De modo que decidi fazer silêncio sobre o seu silêncio — e não tentar decifrá-lo mais do que já fiz.

Acho que me sinto mais confortável em tratar disso agora, depois que o Dr. Ivan me ajudou a entender que aquela carta que retornou com um selo de devolução do serviço postal me diz, em seu lugar, que você não desejava recebê-las mais. Que não a retirou em tempo. Que não quis. Ou não pôde.

Até então, não havia respostas, mas as cartas também não retornavam. Isso me dizia que alguém as colhia, ao menos. Se era você? Espero que sim. Se as lia? Não posso dizer. Agora, não há dúvidas. Aquela carta não foi lida, não foi retirada, não foi buscada.

Sempre entendi seu silêncio de mil formas. Primeiramente, seu casamento, claro. Seu desapontamento diante da revelação dos meus sentimentos ou sua consideração em não me confrontar. Como se a coleta das cartas estivesse a dizer: Elisa, eu leio tudo que você me escreve. Quero que saiba que leio. Por isso as cartas não retornam. Mas quero que saiba que seu amor por mim não pode ser correspondido, por isso não o alimento.

Mas mil formas de interpretar qualquer coisa... são formas demais. Também me coube interpretar seu silêncio como uma recusa dolorida ao amor: "Não posso deixar de ler suas cartas, mas não posso respondê-las. Nosso amor é impossível, e por mais que te ame, não poderia suportar o rompimento de tantos vínculos — os meus, os seus... Não quero e não vou carregar esse fardo."

Ou talvez, como Albert — o marido abusivo de Celie, em A Cor Púrpura — sua esposa tenha confiscado minhas cartas para que não cheguem até você. Talvez ela o confronte por isso. Talvez o ameace e você nada possa fazer. Talvez você queira, mas não possa. Talvez você nem saiba. Talvez até mesmo aquelas últimas cartas — as dolorosas descrições da minha descompostura — tenham sido escritas por ela, por Albert. Bem poderia ser isso, visto que são tão diferentes das anteriores.

Mas, não. Não é nada disso. É apenas minha recusa falando no lugar do teu silêncio. Suas últimas cartas foram claras. A clareza, como a claridade, também pode ofuscar olhos acostumados à penumbra. Na penumbra eu vislumbrava um amor recíproco, secreto, tímido e cordato. Mas você deixou claro: "Não é assim que trato meus amigos... Nunca pretendi que nossa correspondência fosse mais do que uma troca de ideias... Nunca te prometi uma amizade... Esse é um fardo que não posso carregar. Não é assim que trato meus amigos. Pode continuar me escrevendo, mas não espere que eu responda sempre. Tenho tido muitas ocupações. Meu doutorado, meu trabalho... meus relacionamentos".

Você disse que eu podia continuar escrevendo. Talvez respondesse, talvez não. Não respondeu. Mas me apeguei à esperança da possibilidade — e continuei.

Escrevia sobre as coisas que falávamos. Me forçava a lembrar de mais episódios da escola. Mas já havia esgotado todos eles. Então, inventava histórias. Encontrava motivos e desculpas para assuntos que pudessem chamar sua atenção. Mas sua falta de respostas só me dizia que você não se interessava mais. Até que decidi escrever algo que você não poderia ignorar. Nada poderia ser mais impactante do que declarar, abertamente, meu amor.

E você, de novo, não respondeu. Eu mesma pedi que você não respondesse. Teria vergonha de ler sua carta, vergonha de ver sua recusa, medo da sua não correspondência.

Passaram-se os dias. Tornaram-se meses e, enfim, anos.

Então, escrevi de novo e — de novo — a carta voltou.

E eu, que pensava entender o silêncio, percebi que também não entendo a recusa. Há algo mais claro que a recusa? Mas a paixão faz tudo brilhar e reluzir. Clareza e brilho se confundem. A luz também cega.

Esta carta, caso seja lida algum dia — caso qualquer pessoa venha a ler — é a última.

Minto. Não prometo. Não adiantaria. Mas é minha intenção, neste momento, não lhe escrever mais.

Farei um diário, ao invés disso. Ou um livro! Escreverei a você, "Querido Professor Ivanovic", ainda que você não leia. Ainda que ninguém, além de mim, leia. Mas alguém lerá. Alguém sempre lê.

Não sei como me despedir sem que pareça algo ofensivo, dramático ou ameaçador.

Dizem que o silêncio, às vezes, é a melhor resposta. Talvez também sirva como uma boa despedida.

...

Ass.: Lis

P.S. — Sinto que estou na iminência de quebrar a promessa que não fiz. Penso em lhe enviar todos os rascunhos de cartas que escrevi. Sim. Dezenas deles. Cartas inteiras não enviadas, trechos escritos e reescritos, parágrafos tirados de última hora. Tão antigos e tão reveladores que poderia chamá-los de fósseis do meu silêncio. Aquilo que foi escrito, mas não foi lido — e assim permaneceu, até ser desenterrado por um explorador.

A porta se abriu sem que ninguém batesse. Era Sarkovic, acompanhado de Elisa.

— Elisa, este é o Dr. Ivan Petrovic. Eu pretendia apresentá-lo a você antes, mas você saiu correndo. Agora que está bem... veja, fale com ele. Aqui, entre. O Dr. Petrovic se juntou à nossa equipe e você será sua primeira paciente. Não é bom? Dê-lhe as boas-vindas e seja boazinha com ele.

Elisa entrou sem dizer uma palavra, os braços estendidos junto ao corpo, passos curtos e rápidos, e sentou-se na cadeira indicada pelo dedo apontado de Sarkovic.

Também em silêncio, Sarkovic estendeu o prontuário e o entregou a Ivan. Lançou-lhe um olhar e um sorriso algo malicioso, como se dissesse: é toda sua.

— Sra. Fonseca, pode deitar ali, ou sentar, ou ficar em pé, se preferir. Fique à vontade.

Elisa mantinha os olhos voltados para a porta, como se quisesse se certificar de que o Dr. Sarkovic já estivesse longe.

— Obrigada. Ficarei à vontade se você me chamar de Lis. Lis Fonseca. Era assim que meu pai me chamava. E como o professor Ivanovic pediu para me chamar também. Apelidos aproximam as pessoas. São um sinal de intimidade. Ele me chamava de Lis... o professor...

Ivan sorriu, assentindo com a cabeça.

— Muito bem, Lis. Você deve saber que seu prontuário diz que você é escritora. Seus livros são publicados com esse nome, Lis Fonseca, certo?

— Você leu meu prontuário? — perguntou a paciente com um tom que deixava claro o descrédito diante de uma resposta afirmativa.

— Não. Na verdade, eu apenas o folheei.

— Não deveria tê-lo lido primeiro?

— Não necessariamente. Até prefiro não ter lido. Gosto de um primeiro contato sem preconceitos.

— Que bom, porque a única coisa real no meu prontuário são as cartas.

Ivan tirou o passaporte e abriu-o na página com os dados e a foto.

— Essa é você?

A paciente respondeu sem olhar:

— A foto é minha, mas não sou velha assim. Essa foto deve ser do meu eu real. Ou do eu ficcional que Sava Ivanovic criou. Sava Ivanovic é a razão de eu estar aqui.

— Conte-me mais sobre ele.

— Como quiser. Sava Ivanovic. Um imigrante sérvio. Fugiu da guerra do Kosovo. Órfão de pais, mudou-se com o avô e a irmã para o Brasil. Adulto, lecionava Literatura na Universidade. Eu trabalhava numa banca de revistas dentro do campus universitário. Eu arrendei a banca, estava fechada, abandonada. Revitalizei-a. Seria um empreendimento de sucesso, se não fosse a pandemia. O senhor sabe. Nesse mundo houve a pandemia, certo?

— Como assim, "nesse mundo"?

— Sim, digo... no mundo do senhor.

— Sim, houve a pandemia. Mas... há outro mundo?

A paciente balançou a cabeça, sorrindo.

— É claro que o senhor não vai saber. Leia meu prontuário. Entendo sua abordagem: quer construir uma relação de confiança comigo, não quer ser influenciado por outras impressões. Muito bem. Respeito isso, mas eu não sou um caso fácil — pelo simples fato de que eu não sou maluca. Na verdade, eu não sou um ser real. Nem eu, nem o senhor, nem nada aqui. Sava Ivanovic se vingou de mim, ou quer me dar uma lição ou... — um brilho no olhar, típico de momentos de clarividência, interrompeu a descrição de Elisa. — Sim! Ele é um professor. Talvez esteja querendo me ensinar algo. De qualquer forma... onde eu estava?

— Ele está se vingando ou lhe ensinando uma lição.

— Sim. Mas agora acho que é a segunda opção. A questão é que, no mundo ficcional que eu criei, eu tive uma banca de revistas que comprei. Na verdade, nunca tive. Apenas vi um anúncio do curso numa banca de revistas. Mas isso não é relevante, porque esse não é o mundo real. Então, tudo o que vou dizer diz respeito ao mundo ficcional que eu criei.

— Você criou? Eu a ouvi dizendo ao Dr. Sarkovic...

— Sim, eu sei. O senhor já vai entender. Continuando: ele, Sava — meu Sava — ia à minha banca. Já era professor lá, então gostou de ver a banca funcionando de novo. Ia comprar cigarros e palavras cruzadas. Foi onde nos conhecemos — na ficção, porque, na vida real, nunca o vi pessoalmente. Nos apresentamos e eu soube do curso de Literatura Inglesa Moderna e Contemporânea. Havia também um curso de Literatura Alemã, que ele também lecionava. Ele falava russo, francês, inglês e alemão. Além de sérvio e português, é claro. Fiquei indecisa entre literatura alemã ou inglesa, mas sou apaixonada por Faulkner, então escolhi a inglesa. Também não sei ler nada em alemão, mas o professor Ivanovic me tranquilizou, dizendo que não era necessário. Apaixonei-me pelo curso — e nisso fui correspondida — mas me apaixonei também pelo professor. Ele era casado. Quer dizer, tinha namorada na vida real. E era mais novo — doze anos mais jovem que eu. Então, o que fiz? Transformei-o em mais velho. E a mim, em mais jovem. Eu disse que sou escritora? Não lembro. Sou escritora, e dizem: nunca contrarie um escritor, pois ele pode colocá-lo num romance — e matá-lo. Pois bem, foi aí que tive a ideia de criar Sava — à imagem e semelhança de seu original real — só que mais velho e vivendo no Brasil, como imigrante. Fiz dele um homem casado. Não formalmente, mas numa relação estável, como se diz. Teria sido mais fácil fazê-lo solteiro, claro. Mas eu queria algo mais dramático. Só não imaginei que acabaria presa por meu personagem dentro do meu próprio romance. Agora estou aqui. Ele me prendeu neste manicômio, num país estrangeiro e longe dele.

— Mas, se é assim, se tudo isso... — Ivan estendeu as mãos pelo consultório, como se abarcasse toda aquela realidade — se tudo isso é invenção sua, por que você não sai dela?

— Porque essa é a natureza da paixão, doutor. Ela surge como surgem os romances: uma inspiração, uma possibilidade, depois as fantasias, a criatividade dando vida à ficção. E então viramos presas.

Não é por coincidência que usamos a expressão "virar a página" para se referir ao fim de um processo. Mas a última página é a mais difícil de virar. O senhor sabia que finalizar um livro é muito mais difícil do que começá-lo?

— Suponho que o Sava real não correspondeu aos seus sentimentos. Por isso você criou um personagem.

— Não tenho certeza se ele não gostava de mim. Parecia gostar. Ou pareceu, por um tempo.

— Por que Sava Ivanovic lhe quereria mal? Já que você disse que ele é o responsável por você estar aqui.

— Ele se sentiu... perseguido, eu acho.

— E por que ele se sentiria assim, na sua opinião?

— Quando fiz o curso, tudo correu normalmente. Foi uma paixão secreta e...

— Platônica?

— Sim. Um amor platônico. Impossível. Impossível na vida real. Ele, a milhares de quilômetros de distância. Mas, como eu disse, nesse nosso mundo em que estamos agora, ele dava aulas na universidade, ali perto. Então, nos víamos com alguma frequência. Ele comprava revistas de palavras cruzadas — um hábito antigo — e um maço de cigarros. Sempre. Pedi a ele seu número de telefone e e-mail, para avisá-lo sobre novos exemplares. Com o tempo, descobri o curso de literatura, e ele seria o professor. Eu ainda não estava envolvida. Me inscrevi e tudo aconteceu tão lentamente que não pareceu errado em nenhum momento. Passei a deixar cartas em sua caixa de correspondência, no escaninho da faculdade. Trocávamos e-mails e mensagens de texto. Escrevi também, nas férias, para uma caixa postal que ele mantinha.

— Alguém ainda usa caixas postais?

— Esse é o meu mundo, doutor. Existe tudo o que eu quero que exista.

— Sim, claro. E cigarros são vendidos numa banca de revistas dentro de um campus universitário? Isso não seria proibido?

— Eu pesquisei, doutor. A legislação não era específica quanto a isso. Na época, era permitido.

— Muito bem. Prossiga.

— Escrevia cartas. Escritas à mão, como nos velhos tempos. Tornamo-nos *pen friends*. Palavras dele, doutor. Não minhas. Ele usou essa expressão exata, em inglês.

— E, na vida real? O que aconteceu de diferente?

— Fiz um curso de literatura numa plataforma vinculada a uma universidade americana. Não havia cartas, apenas e-mails e mensagens.

— A troca de mensagens fazia parte do curso?

— Não. Na verdade, podíamos enviar dúvidas e comentários aos professores. Eram vários professores. Mas o assunto começava com algo das aulas e sempre acabava indo para algo mais profundo. Eu me sentia um pouco desconfortável por ocupar o tempo dele, mas ele reagia de forma tão positiva, amigável e gentil, que eu continuava. Até que o curso acabou. Logo depois, ele parou de responder. Então, escrevi uma mensagem desaforada. Ele respondeu — polido, mas seco. Disse que estava ocupado, que gostava de ler meus textos, mas não tinha tempo de responder. Fui escrevendo cada vez menos... e finalmente parei.

— E então, acabou aí?

Elisa suspirou com visível resignação. Ajeitou-se na cadeira, levantou os ombros, pousou as mãos sobre os joelhos e respondeu:

— Enviei outra mensagem, declarando meu amor.

Elisa fez uma pausa, como se esperasse que Ivan prosseguisse ou se satisfizesse com a resposta.

— Ele respondeu?

— Não.

De repente, de novo o brilho de clarividência no olhar de Elisa.

— Espere um instante! Você sabe de tudo! A quem estou querendo enganar além de mim mesma? Você é ele. Você e todos aqui! Todos são ele! Por isso ele me prendeu aqui, no país dele. É uma obsessão minha. Minha prisão particular. Ele é o carcereiro-narrador. Pode ser professor de literatura, mas não escreve nada bem. Quem escreveu esses parágrafos? Uma IA? Ele poderia ao menos dar-se ao trabalho de tentar manter o nível da minha escrita!

Sentindo a iminência de uma crise, mas ainda transmitindo calma e controle, Ivan pegou a maleta ao lado da cadeira. De lá, tirou uma pasta com cartas — a maior parte, manuscrita. Elisa reconheceu-as de imediato. Sua caligrafia. Eram as cartas originais, escritas ao professor.

— Esta foi a primeira, suponho — disse Ivan, colocando as páginas sobre a mesa do consultório. — Seu primeiro texto enviado, por e-mail, ao verdadeiro professor Savo Ivanovic. Certo? Foi onde tudo começou. Uma "carta de apresentação" para admissão a um curso online sobre Literatura Inglesa Contemporânea. Bem, vamos ler. Depois podemos falar a respeito. Que tal?

Elisa assentiu, com um gesto mínimo.

Prezado Professor Savo Ivanovic,

Cordiais saudações,

Primeiramente, devo dizer que fiquei muito feliz ao saber que esta carta de apresentação não precisava ter um tom formal e que poderíamos escrever livremente. Então vou deixar a escrita fluir sem preocupações (além da de não exceder o limite de caracteres — risos).

Descobri o seu curso online sobre Literatura Inglesa Contemporânea e me interessei muito. O anúncio estava afixado numa velha banca de revistas que fica no campus da universidade onde trabalho. Curioso, não acha? Um curso virtual que descobri numa revistaria — algo tão anacrônico e fadado à extinção. Isso me deixa curiosa: ainda há bancas de revista em seu país? O senhor as frequenta?

Foi nas bancas de revista que adquiri meu amor pela literatura, através das revistas em quadrinhos. Amo literatura e espero que meu nível de fluência em inglês seja suficiente para acompanhar o curso, e já peço perdão pelos erros que possa estar cometendo nessa carta de apresentação.

Adoro ler e adoro escrever. Tenho alguns textos publicados no periódico da universidade, também num coletivo de cronistas do qual participo. Mas tenho o sonho de escrever um livro. Meu livro favorito é Drácula, de Bram Stoker. Imagine. Um livro de terror escrito em forma epistolar! Tudo o que mais importa numa história de terror são o timing, a hora do susto e o pavor crescente. Como construir isso em forma de cartas? Me fascina a ideia de que há realidades paralelas na história. Uma é a que ocorre no momento em que o conde interage com o advogado, outra quando o advogado escreve para sua noiva, e outra quando a noiva lê a carta. A realidade que Mina toma conhecimento ao momento que lê as cartas de Jonathan, seu noivo, já não é a realidade que ele está vivendo. Ou seja: além do terror que se cria a partir do conhecimento do teor das cartas, há o terror — ainda maior — do desconhecido, daquilo que possa estar acontecendo agora. É fantástico, professor! O senhor já leu Drácula? O que achou?

Eu também trocava correspondências, quando mais jovem. Sou mais velha que o senhor. Velha o suficiente para ter hábitos de uma geração que o senhor não deve ter conhecido. Eu comprava revistas de garotas. Os assuntos eram os mesmos: garotos, a primeira transa, moda, cultura pop. E tinha uma seção para correspondência para quem queria trocar cartas. Havia pequenas descrições da pessoa, de seus hábitos e preferências, e o endereço. Eis como eu me apresentava: "Se você está procurando uma garota loira, olhos verdes, alta e magra, continue procurando, pois eu não sou nada disso! Sou baixa, gordinha, cabelos lisos e negros, olhos castanhos, tenho 13 anos e adoro me corresponder com outras pessoas, meninos ou meninas. Prometo responder todas as cartas e não precisa mandar foto. Estou esperando sua cartinha!".

Escrevi várias, recebi respostas de quase todas. Tudo era "amizade" até a segunda ou terceira carta. Depois, virava interesse em namoro. Pedia-se foto. Era quando eu parava de escrever. Ou, quando mandava (quando mandei, na verdade, pois foi só uma vez)... paravam de me responder.

Isso me faz pensar sobre o que acho de imagens e de como me intriga o conceito que ouvi de um rabino sobre a proibição bíblica de se ter imagens. Segundo ele, seríamos mais felizes se não tivéssemos imagem alguma, de nada, nem de ninguém. Nem fotos, nem desenhos, nem representações. Em sua opinião, a imagem "estancaria" a vida, um momento congelado no tempo, que não existe mais, ou que passa a "existir para sempre" em conflito permanente com a vida real, que segue. A foto de alguém que se foi, mas, na foto, permanece; que envelheceu, mas, na estátua, permanece. Um Retrato de Dorian Gray às avessas. A imagem que tentamos preservar; lustrando, polindo, retocando, colocando filtros e fazendo as inevitáveis comparações. Mas acho que ele está errado, ou então eu não o compreendi bem. Afinal, as memórias não são, também elas, como as fotos, e imagens, e sons, e cheiros congelados no tempo? Talvez o erro seja no modo que lidamos com elas.

Nossa! Já escrevi um bocado! Sempre penso que o próximo parágrafo será o último (risos), mas o fluxo de ideias é um tanto desobediente, quando escrevo. "Falkneriano", eu diria.

Acho que, seja sua estudante ou não, o senhor jamais se esquecerá de mim (risos). Professores normalmente não se lembram dos estudantes. Compreensível. Nenhum professor se lembra de mim. Nem meus colegas se lembram. Pudera. Eu era invisível, inaudível e, logo, facilmente esquecível. Imperceptível seria a melhor definição. E assim gostava de ser. Mas prestava atenção em tudo e em todos. Normalmente sou a memória auxiliar de muita gente. Muitos me procuram com esse fim. É curioso pensar que, se parte de nossa vida é feita de memórias e se parte de nossas memórias esquecidas são lembradas por outras pessoas, nossa vida está 'compartilhada' em várias outras vidas, em vários sentidos. Há, por aí, "portadores" de parte da minha existência, que se lembram de coisas que aconteceram comigo. Por isso, encontro de velhos amigos tem esse poder de nos completar, de preencher lacunas de nossa história. E como é mútua essa relação, a coletividade nos faz reforçar nossa individualidade. Existimos melhor em grupo, acredito.

Mas, parece que ninguém se lembrava de mim. Em nossa reunião de 30 anos, os colegas me perguntavam coisas do passado, eu contava em detalhes e via seus rostos resplandecerem com as memórias retornando. Mas, de mim, não se lembravam. Algumas pessoas diziam se lembrar, mas eu sabia que era por educação e vergonha. Não as contestava.

Numa outra ocasião, voltando do cinema com uma colega de trabalho, fui perguntada se eu achava crível que — como no filme que acabáramos de assistir — uma pessoa pudesse ser deletada da memória de outra. "Como assim? Como apagar alguém? Isso só acontece em filmes", ela disse. Eu respondi, na hora: "Você se lembra de todas as pessoas com quem se relacionou? Não. Pois, imagine que uma pessoa lhe encontrasse na rua e dissesse te conhecer, mas você não se lembrasse e, então, a pessoa começasse a contar detalhes de sua vida, de seu comportamento, de eventos da época e, mesmo, de diálogos que vocês tiveram. Muitas vezes, esses relatos nos trazem à lembrança aquelas experiências. Mas, nem sempre. Às vezes as experiências voltam, o cenário volta, mas é incompleto, vago, nebuloso. Às vezes, personagens são esquecidos. Você se convence que 'teria dito isso', 'teria feito aquilo', tal como a pessoa lhe conta. Mas você não se lembra daquela pessoa. 'Como não?' a pessoa dirá. 'Nós fomos juntos na excursão da escola, naquele acampamento. Eu fiz isso, disse aquilo...' e você não se lembrará. Aconteceu, foi real, foi apagado de sua memória e, mesmo diante de tantas tentativas, permaneceu apagado. Sim, minha cara, pessoas podem ser apagadas da memória de alguém, sem maiores consequências. E não é só nos filmes. Apenas o inverso não acontece. Ninguém pode ser inserido em nossa memória sem consequência alguma. Pessoas podem fazer parte de nossa história sem que lembremos delas, mas não podem fazer parte de nossa memória sem terem sido históricas."

Depois de ter escrito tanto, nem sei por que disse o que disse ao senhor. Talvez, me ocorre exatamente agora, para ser lembrada! (risos)

Espero que essa carta de apresentação o encontre bem, lhe faça bem e aguardo seu e-mail de aceitação, ansiosa.

Assina,
Elisa Fonseca

P.S. — Aguardo informações do curso!!

Elisa sorriu, timidamente orgulhosa. Olhos para baixo; a voz, um fio melancólico.

— Ele gostou dessa carta. Respondeu. Disse... dizia que eu tinha talento para escrever e me pedia que eu lhe escrevesse mais. Foi quando me contou que, sim, havia bancas na Sérvia. Ele mesmo ia a uma com frequência, comprar cigarros e palavras cruzadas.

— E ele correspondia a essa demonstração de afeto?

— Sim! Completamente! Depois que consegui entrar no curso, ele me escrevia em resposta, com regularidade. Comentava e elogiava meus textos e atividades do curso. Ria muito. Ria ao ponto de envergonhar-se de tanto rir. E sempre me dizia que eu devia escrever. Crônicas ou contos, dizia ele.

— E ele lhe escrevia apenas como resposta às suas cartas? Ou tinha a iniciativa de se comunicar sem que você tivesse dado, digamos, o primeiro passo?

— Ahn... Não. Ele só escrevia em resposta ao que eu escrevia. Acho que ele contava com isso.

— E com que frequência a senhora escrevia?

— Duas ou três vezes por semana.

— E não pensava que poderia estar incomodando? Ele trabalhava, tinha família e devia ter uma rotina intensa, não acha?

— Sim. De fato. Isso me faz lembrar de uma resposta que ele enviou. Eu tinha muita preocupação de o estar incomodando, mas ele sempre me tranquilizava e dizia coisas como "suas mensagens são como uma brisa de ar fresco num dia quente" ou que "um jeito perfeito de encerrar o dia".

— Então, se era assim, por que ele se incomodou ao ponto de vingar-se da senhora, sendo o responsável — segundo a senhora diz — pela sua vinda para esta instituição?

— Ele se cansou. Certa vez, depois de vinte e um dias sem que ele me mandasse qualquer tipo de mensagem, eu o confrontei. Escrevi um e-mail um tanto acima do tom.

— E ele a respondia prontamente, antes disso acontecer?

— Sim, no mesmo dia ou no dia seguinte. Sempre.

— E como a senhora interpretou esse longo silêncio da parte dele?

— Bem, ele mesmo havia me mandado uma mensagem dizendo que estava muito ocupado, mas que queria que eu soubesse que ele não estava me ignorando. "Não é ghosting, Elisa", ele escreveu.

— Espere! A senhora disse que ele não tinha escrito mais.

— Sim. Essa foi a última mensagem antes do silêncio.

— Então, ele já tinha diminuído a frequência das respostas?

— Sim.

— Como você se sentiu com isso?

— Rejeitada, eu diria. Mas isso não era o pior. Teria sido mais fácil se ele dissesse que estava sem tempo, que... — Elisa hesitou.

— Sim. Continue. A menos que não queira, claro — incentivou Ivan.

— Na verdade, ele disse. Ele escreveu que não queria aquele tipo de relacionamento. Que havia sido meu professor, tinha um grande apreço por mim; havia ficado feliz em me ter como aluna, ler minhas mensagens e tudo o mais, mas que eu o estava sobrecarregando. Que ele não tinha tempo de ler tudo o que eu escrevia. Que eu até poderia continuar escrevendo, mas ele não queria ser cobrado se não respondesse.

— Entendo. Quando ele disse isso?

— Depois da minha mensagem "Vamos ser honestos".

— A senhora dava títulos às cartas e mensagens?

— Sim. E-mails, sabe? Eu colocava títulos — Elisa sorriu, nostálgica — "espirituosos", dizia ele.

— Mas, nesse título, a senhora não acha que sugeriria que ele não estava sendo honesto com a senhora? Não acha que ele poderia considerar ofensivo ou rude?

— Sim. Acho que foi exatamente o que aconteceu. Mas era apenas meu desespero querendo chamar sua atenção. Eu tenho esse e-mail. Posso mostrá-lo se eu puder acessar minha conta.

— Sim, claro. Eu adoraria ver.

— Sim, claro. Se ele chegasse a conhecer o livro — uma grande improbabilidade — ele saberia que se tratava dele, mas não ficaria exposto. Família, amigos, não precisavam ficar sabendo.

— Você disse que ele não gostava de você, mas que havia demonstrado gostar. Como era essa demonstração?

— Eu soube que o professor Ivanovic era apaixonado por mim quando, depois da aula, eu disse a ele que adorava *Friends*. "Meu Deus! Sério?!", foi a reação dele, em resposta. Assim, com as mãos assim, sabe? Com as mãos tampando a boca.

— Sei (risos). Levar as mãos à boca é um gesto revelador.

— Então... Como alguém reagiria desse jeito a uma simples e tão comum coincidência na admiração por uma das (talvez a mais) populares *sitcoms* da TV, nos anos 1990? Sabe?

— Você acha um pouco "desproporcional", eu diria? Isso?

— Isso. Seria normal se eu dissesse, por exemplo, que gostava de comer pistache com calda de caramelo e, sei lá, iogurte. "Meu Deus! Não acredito! Você também gosta disso? Que coincidência!" Ou se eu fosse muito fã de uma banda não badalada ou menos conhecida, como a *The John Butler Trio* ou *Plastique*. "Oh, meu Deus! Você também é fã deles? Não acredito!" Mas *Friends*?

— *Plastique*? Nossa! Sério? Você gosta também?

— Tá vendo, doutor? É isso! Normal. Mas *Friends*? Eu acredito que só o amor romântico tem o poder de fazer isso, de que gostos comuns ganhem uma conotação especial, beirando a revelação divinatória. "Oh, meu Deus! Você também gosta de *Friends*? É um sinal!"

— Entendo.

— Para mim, àquela altura, apenas a paixão poderia tornar algo tão corriqueiro em algo tão especial ao ponto de se reagir daquela forma. Ou, talvez, eu estivesse exagerando porque a paixão também estava, ela, me fazendo ver sinais onde não havia.

— Pode continuar.

— É que pensei que o senhor iria comentar algo. Às vezes vou falando e parece que alguém na minha mente me contradiz, sabe? Como um diálogo mental. Eu não sou paranoica. Só penso coisas contraditórias, comparo, analiso...

— Essa é a ideia. Não há nada de paranoia nisso. É muito saudável, pelo contrário.

— Eu creio, Doutor Ivan... Creio que o amor tem esse estranho poder de tirar as coisas de foco. Ou deixamos de ver o óbvio, ou enxergamos coisas que não existem. Ou ambas as situações. O apaixonado tem dificuldades para lidar com o implícito, com o sutil, o discreto. E o cortejo romântico tem a marca da discrição (embora as coisas estejam muito mais explícitas hoje em dia). Sinais são trocados e um sensível equilíbrio deverá ser buscado entre revelar e esconder os sentimentos. Mas, como eu disse, o amor embaça a visão e sinais claros da parte do outro podem não ser percebidos pelo medo que se tem de se estar "vendo coisas onde não há". Do mesmo modo, existe o outro risco: de não se perceber a sutileza das negativas discretas.

O Doutor Ivan Petrovic fechou o bloco de anotações, o que Elisa entendeu como sendo o fim da sessão.

— Gostei de conversar com o senhor, Doutor Ivan. Há tempos não falava tanto. É estranho dizer isso. Tenho a sensação de simplesmente ter acordado aqui, ontem ou anteontem. Mas isso não parece fazer sentido. Acho que eu me sentiria melhor, acho que eu teria mais controle do tempo e me ajudaria mais que qualquer terapia poder continuar escrevendo. O senhor não vai me impedir de escrever, vai, Doutor Ivan?

— Não, Lis. Você já sofreu o suficiente. Escreva o quanto quiser. Não posso controlar você. Não posso controlar ninguém. Ninguém pode. Mas é um anseio humano poderoso. A causa de conflitos, desde familiares a crises diplomáticas e conflitos bélicos internacionais. Só podemos controlar uma coisa: nossas palavras. Não posso privar você disso. Não posso mais.

Prezado Diretor Sarkovic,

Não há como começar esta carta sem a manifestação expressa de meus agradecimentos por aceitar meu projeto literário. Na verdade, há sim. Devo agradecer-lhe, primeiro, por sua paciência e pelos cuidados do Dr. Ivan e de toda a equipe de apoio. Sem esse suporte, eu não teria as condições de apresentar o pedido que faço a seguir. O senhor e sua equipe têm minha mais profunda gratidão.

Diretor Sarkovic, sei que não serei a primeira interna a ter publicado um livro, mas, ainda assim, sua permissão e os efeitos dela vêm afetando (positivamente) não só a mim, mas também aos demais internos. Todos muito empolgados e mais interessados por literatura.

Até aqui, para sua apreciação, a sequência dos elementos que constituirão a trama: O encontro. As cartas. O livro. O livro dentro do livro.

Conheci o amor da minha vida numa banca de revistas onde eu trabalhava.

A banca ficava na área do campus da universidade. Ele dava aulas ali. Tornou-se meu cliente assíduo. Com o tempo e a frequência, passamos a trocar impressões sobre música, filmes, literatura. Um dia, após recomendar efusivamente um livro, ele me pediu que escrevesse uma resenha a respeito. Deu-me o número de sua caixa postal e enviei-lhe aquele que seria o primeiro de muitos textos e cartas. Cartas de papel, escritas à mão mesmo, como nos velhos tempos.

Ele gostou, me escreveu de volta e trocamos correspondência até que ele me convidou para participar de um curso online sobre literatura. Ele via talento em mim, e o curso era gratuito em seu módulo inicial. Dizia ver potencial em mim para a escrita. Inscrevi-me, completei o módulo com louvor e consegui uma bolsa de estudos para continuar no nível seguinte. Nós continuamos nos correspondendo, ora por e-mail, ora por cartas escritas, até que o curso acabou e ele parou de me responder. Parou de ir à banca de revistas (pelo menos durante o tempo em que trabalhei lá) e, por fim, as cartas passaram a retornar para mim, com o carimbo de "destinatário não localizado".

Eu tinha tanto a dizer, tanto a compartilhar ainda. Então, decidi seguir o conselho que ele me dera em uma de suas cartas: "Você devia escrever um livro", disse.

Umberto Eco diz que os fatos literários são mais reais que os fatos históricos, pois eles não podem ser mudados. O revisionismo histórico, novas descobertas arqueológicas, diferentes interpretações e contextualizações ou as teorias conspiratórias — e, aqui, entre os internos, o senhor bem sabe, está cheio delas — tudo isso pode colocar à prova aquilo que se considerava verdade absoluta. Isso não ocorre na literatura. Há quem acredite que Hitler não se suicidou num bunker na Alemanha ao fim da Segunda Guerra, mas ninguém duvida das mortes de Romeu e Julieta, tais como descritas por Shakespeare. O que o autor escreve se torna um fato incontornável, irretorquível e irremediável.

Pensando nisto, decidi escrever um romance em que as coisas acontecessem do jeito que eu quero, sendo amada e desejada por quem eu quero que me ame e me deseje. Um romance em que um livro que eu escrevo tenha um enorme sucesso, sendo popular ao ponto de chegar ao conhecimento daquele que foi sua inspiração: Sava Ivanovic, meu professor, feito personagem e servo das minhas vontades.

No meu mundo imaginário, serei mais jovem que ele e, assim como aconteceu na vida real, teremos aulas virtuais de literatura inglesa contemporânea. Talvez eu as pudesse ter a partir daqui, de nossa sala de estudos, ou talvez não; ainda não decidi. Mas, ao fim do curso, ele terá dificuldade em se despedir, desejará manter o contato. Nos corresponderemos, mas ele, noivo, ortodoxo e fiel às suas tradições eslavas, decidirá por me deixar.

Isso me levará ao tormento, e a dor me levará à redenção. Transformarei as cartas em um livro. Um romance epistolar, uma troca de correspondências entre nós. O título do livro será a forma como eu me dirigia a ele no cabeçalho de nossas cartas: "Querido Professor Ivanovic". Mas a maior razão é a natureza desta empreitada, Doutor Sarkovic: o livro dentro do livro.

Então, um dia, Sava encontrará o livro numa livraria. Não estará procurando por ele. Estará apenas fazendo o que todo amante da literatura adora fazer: entrar numa livraria, sentir o ambiente, o cheiro dos livros, do couro das poltronas de leitura, o aroma do café expresso e aquela experiência imersiva, que nem sempre acaba no caixa de pagamentos, levando consigo uma sacola de livros. Sacolas que carregam livros e promessas surdas ("juro que não compro mais nada este mês") e frases de autoindulgência ("não podia perder a oportunidade"), além de uma satisfação indizível.

Para Sava, contudo, desta vez, não terminará assim. Ele verá o livro, numa ilha de destaque, entre os mais vendidos. Se interessará pelo título muito mais do que qualquer outro título o faria se interessar. Nada poderia ter sido mais direto, mais assustador e convidativo a um só tempo: Querido Professor Ivanovic.

Seu coração começará a bater mais forte. Ele se lembrará da troca de e-mails com sua aluna de Literatura; das aulas, de seus elogios enviados no feedback das aulas, dos chatpods de conversas e, sobretudo, do incentivo à escrita. Você escreve como profissional! Você tem talento, deveria escrever, deve publicar!

Todos os pensamentos juntos, como num ciclone mental, durando o instante em que Sava vê o livro, o toma em suas mãos e o examina cuidadosamente. O turbilhão contido, para que a razão possa prestar algum serviço. Na primeira orelha do livro, a apresentação resumida da trama: um romance epistolar, no qual uma estudante se corresponde com seu professor de Literatura. Intrigante, pensa.

[Isso será deixado mais claro ao longo da história, Doutor Diretor. Voltemos a Sava, com o livro nas mãos e o coração na garganta.]

Era ela! — ele pensará. — Sua antiga aluna. E era ele! E era a história deles!

Sava Ivanovic, um imigrante sérvio, órfão, num país estranho, e seu nome agora estava em todas as livrarias, na TV, nas mídias, nos blogs, vlogs, tuítes, em todo lugar. E só ele sabia disso. Só ela poderia saber disso. Famosa e desconhecida a um só tempo. Uma fama particular, de cunho íntimo e, ainda assim — e talvez por isso mesmo — uma popularidade assustadora.

Sim! Sava se recordará de tudo. A aula em que fez referência às obras inacabadas de autores mortos e a menção ao ataque terrorista que, naquele momento — durante a aula — soava um pouco desconexa.

Depois, na carta, as peças unidas e fazendo sentido, integradas e pertinentes num texto coeso e denso. "Profundo, intenso e poderoso", ele havia escrito em resposta. "Você consegue conectar coisas, aparentemente desconexas, e dar-lhes um sentido novo e instigante."

Mas tudo isso começará na banca de revistas. Usarei meu próprio nome. Por que não? James Joyce era Stephen Dedalus em Retrato de um Artista Quando Jovem e Jack Kerouac era Sal Paradise em On the Road, mas Elisa Fonseca será Elisa Fonseca. Uma Elisa mais jovem, mas resistirei à tentação de me tornar magra e linda.

Elisa será gorda e nada atraente. Poderia ter acontecido de ser gorda e atraente. Tinha amigas assim. Gordinhas, atraentes, com namorados atléticos e atraentes; namorados gordos e atraentes; e namorados não atraentes. Fossem como fossem, eram namorados ou namoradas. Eram companhias, presenças, espaços preenchidos na poltrona ao lado, no cinema, na mesa do restaurante, no outro lado da cama, na lista de contatos do celular onde "amor" aparece digitado no lugar do nome. Beijavam, abraçavam, passeavam de mãos dadas, davam-se apelidos fofos.

Elisa poderia ser magra e continuaria sendo nada atraente. De fato, ela tinha emagrecido. Tinha chegado ao ponto de, macérrima, se olhar no espelho e, nas fotos, sentir-se gorda ainda. Era um distúrbio de imagem, soube. Temeu ficar ou estar bulímica e voltou a comer à vontade. A magreza não viera acompanhada de beleza ou namorados.

Incomodava-lhe a — cada vez maior — percepção de que beleza era um atributo obrigatório para mulheres, mas não para homens. Homens podiam ser feios, desde que bem-sucedidos financeiramente ou inteligentes. Teriam mulheres bonitas dessa forma. O contrário, não. Mulheres não bonitas — ricas ou não, inteligentes ou não — teriam parceiros correspondentes: tão não-bonitos quanto. Era como se percebia e como via as coisas ao seu redor.

Já havia acomodado suas expectativas e já nem queria namorados bonitos assim. Também já havia se acostumado e se desacostumado e se acostumado de novo a ser alvo de um tipo de bullying cruel e inescapável: o auto-bullying. Não eram os outros; não era o que diziam ou o jeito que a olhavam. Era só ela sendo ela em meio aos que não eram ela.

Perdera a esperança na juventude, que já ia desnutrida por agora, e passara a nutrir esperança na velhice ou na riqueza, mas a riqueza lícita é artigo raro, cuja obtenção depende de berço ou doses combinadas de sorte, trabalho e talento. Já a velhice equalizaria tudo. Se a morte igualava a todos, acreditava que, quanto mais próxima da morte, mais próxima estaria — em vida — da isonomia do contentamento.

Até lá, porém, decidira investir na inteligência e no bom humor. O gordo feliz era mesmo um lugar-comum inescapável. Então, que fosse! Eram as cartas que a sorte lhe dera e com as quais jogaria para vencer.

Amor correspondido houve com a literatura. Os livros, sim, lhe acompanhavam onde fosse. Dormia com os autores, sonhava com suas tramas, levava-os para passear e para os exibir, conversava com eles — mentalmente e através de rabiscos nas páginas de suas obras — e, com o tempo, passou a escrever sobre eles em um blog de literatura. Recebia livros para resenhar e, não raras vezes, elogios e agradecimentos dos autores que resenhava.

À rotina de ler, estudar, escrever, juntou-se a rotina de administrar uma banca de revistas — um anacronismo, sabia. Mas a oferta era boa. O antigo dono não resistira à crise econômica e oferecera à Elisa o arrendamento do negócio em troca de uma participação mínima nos lucros, se houvesse. Elisa pretendia uma metamorfose. Tanto nela quanto na banca de revistas. Sabia que nem todas as lagartas se transformam em borboletas, mas essa seria uma transformação que ela pretendia fazer acontecer. Tinha fé de que substituiria, aos poucos, as revistas por livros e mais livros, e logo seria uma pequena livraria. Não por outra razão, sua banca se chamava Crisálida.

A agradável rotina diária de trabalho de Elisa começava antes do sol nascer, com o cheiro dos jornais recém-chegados. Um cheiro que se misturava bem com os aromas vindos do café ao lado e com os ruídos que os sapatos dos pedestres faziam nas calçadas labirínticas, circundando, atravessando e conduzindo estudantes, professores e funcionários ao campus universitário. Elisa adorava aquela combinação de papel novo e café fresco e atividade.

Rotinas agradáveis são preferíveis a surpresas agradáveis. Não que fossem excludentes, mas, se tivesse que escolher, Elisa preferiria a agradável rotina diária à excepcional surpresa extraordinária. O pai a ensinara: melhor um bombom todo dia do que a caixa de bombons inteira de uma só vez. Tinha suas dúvidas se, no fim das contas, o que ficava na lembrança eram as experiências cotidianas ou os eventos não esperados. Ah, aquele dia! Nunca me esquecerei daquele dia! Mas, imagine como seria incrível se algo agradável e surpreendente se tornasse uma adorável repetição.

Todos os dias ela abria sua banca de jornal com sua rotina monástica. Arrumava a escrivaninha, depois as vitrines das revistas do lado de fora, pendurando os jornais no varal e exibindo as revistas semanais. Moda, jardinagem, notícias, decoração, esportes, informativos da universidade. Todos os dias a mesma rotina. Então, num dia como qualquer outro, uma agradável surpresa se tornaria uma nova e agradável rotina. Um novo cliente. Um professor recém-chegado.

"Bom dia, senhora. Você tem palavras cruzadas?"

"Palavras cruzadas?" Elisa ficou surpresa. Não era comum clientes procurando esse item. Na verdade, clientes não eram comuns há algum tempo. Revistas, jornais, livros; tudo, agora, podia ser consumido de forma online. E por um preço inferior ou mesmo gratuitamente. "Sim", ela respondeu sem certeza absoluta. "Um momento, por favor", disse. E esfregando as mãos, acrescentou: "Está frio, não está?"

O cliente sorriu.

Ela se agachou atrás do balcão e o homem ouviu caixas sendo abertas e arrastadas nervosamente. Alguns murmúrios indistintos, e então Elisa surgiu por detrás do balcão com dois ou três exemplares nas mãos. Elisa contornou o balcão e se aproximou do homem. Ela notou que ele segurava, aberta, uma revista de crítica literária.

"Aqui estão eles", ela disse enquanto os entregava. "Eu não tenho muitos...", desculpou-se.

"Sim, posso imaginar o porquê", ele respondeu. "A propósito: que bom que a banca reabriu! Desejo-lhe boa sorte! Ahn... E, por acaso, você também teria exemplares de palavras cruzadas em outras línguas?"

"Ah! Obrigada! Pretendo vender livros também, já que revistas poucas pessoas compram. E sobre as palavras cruzadas, não. Infelizmente, não. Mas posso fornecê-las para você. Qual idioma você prefere?"

O homem escolheu um dos caça-palavras, devolveu os outros e tirou a carteira do bolso do suéter, estendendo duas notas para Elisa ao mesmo tempo que lhe mostrava a revista escolhida. "Vou ficar com isso e um maço de Lucky Strike, por favor."

Desde então, ele voltou quase todos os dias, e um encantamento surgido à primeira vista e sem explicação razoável naquele tempo fez Elisa mudar. Cliente novo, hábitos novos: Elisa comprou novos exemplares de palavras cruzadas e revistas literárias, trocou seu desodorante tradicional por um perfume, passou a fazer a sobrancelha com mais frequência e retomou a reeducação alimentar.

Sava tinha não mais que 1,70m, pele clara amorenada pelos anos expostos ao sol dos trópicos, mas que, junto com os cabelos negros e o leve sotaque, indicava uma ascendência eslava. Sempre trajava suéter, que depois teria a companhia diária de gravatas do tipo borboleta e suspensórios e — suprema coincidência — era obeso. Não o gordinho alegre e senhor do ambiente, como Elisa. Pelo contrário, mesmo sorrindo, exibia uma melancolia inescapável. E sorria sempre. Fosse ao fazer seus pedidos, fosse ao receber o troco ou a papeleta de recibo da máquina de cartão. Sua simpatia não escondia a melancolia e, estranhamente, a tornava mais marcante. Um leve estrabismo revelava-se em momentos pontuais, mas os óculos não eram companheiros frequentes. Estariam se adaptando ou alternaria com o uso de lentes de contato? Não era exatamente bonito, mas não era feio de modo algum. E Elisa repetiu, meses a fio, a si mesma: Ele nem é tão bonito assim; ele nem é tão bonito. Mas isso não tornava sua presença menos indelével em sua vida e memória. Para além disso, as características como cliente: chegava sempre na mesma hora, não demorava mais que três minutos e pedia sempre a mesma coisa — "Um Lucky Strike vermelho e palavras cruzadas".

A frequência e os pedidos a faziam deduzir que ele fumava quase um maço de cigarros por dia e preenchia as palavras cruzadas a cada três ou quatro. Parecia ser uma pessoa muito ocupada e Elisa não se atrevia a ser um incômodo, portanto, as interações não passavam de protocolares conversas de compra e venda e comentários aleatórios sobre o clima, o trânsito e a rotina universitária.

Vez após vez, articulara a pergunta pela nacionalidade. Russo, talvez? Por que quereria saber? Que diferença faria? Seria um gancho para puxar novas conversas, mas duas ou três perguntas e seria o fim do tópico. O que acha do país? Está adaptado? Sente saudade de casa? Deixou alguém lá? Não. Não perguntaria isso. Não perguntaria coisa alguma nesse sentido. Tinha vontade de lhe perguntar, mas não perguntava. Falantes de um segundo idioma sempre se esforçam e, quando falam fluentemente — como era o caso — supõe estar falando corretamente. Perguntar de onde a pessoa vinha, Elisa pensava, era como induzir o outro a pensar que não falava bem o idioma local. Não era o caso. Sava tinha ótima fluência e vocabulário. Ótima fluência. Que vocabulário!

Algum tempo depois de sua primeira visita, Sava voltou sem suéter e sem a gravata borboleta. O inverno havia passado e ele usava uma camiseta sem estampas e um colar de ouro que se destacava na cor escura da blusa. Ele carregava um nome escrito em alfabeto cirílico, soube depois. Na época, pensava se seria o nome dele. Ou talvez de uma filha amada, ou de uma mãe, ou de uma esposa (ainda que não usasse aliança) ou namorada?

Decidiu arriscar. Não. Não era um risco. Era só uma pergunta normal e curiosa de alguém que gosta de conhecer e interagir com gente de outras culturas.

"É seu nome?", perguntou Elisa, aproximando-se e apontando para o colar, enquanto o via corar pela primeira vez.

"Oh, isso?" Sava tomou o pingente nas mãos, olhando-o de forma terna e melancólica. "Sim, meu nome. Meu primeiro nome, Sava. Um presente do meu pai. Está escrito em cirílico. Você conhece esse idioma?"

Elisa voltou para trás do balcão, dirigindo-se ao expositor de cigarros para pegar o maço.

"O de sempre? Um Lucky Strike e uma revistinha de palavras cruzadas?", perguntou já com o maço de cigarros na mão. "Não conheço, mas acho que esse é o alfabeto usado pelos russos, certo?", perguntou.

"Sim às duas perguntas. Estou ficando previsível, não é?", riu Sava, recebendo o box de Lucky Strike e dirigindo-se à seção de caça-palavras para escolher. "Me desculpe. Já compro aqui há meses e nunca perguntei seu nome. Ando sempre com pressa, mas hoje estou de folga. Está um lindo sol e gosto de caminhar pelo campus. Qual é seu nome, por favor?"

"Elisa."

"Eu sou Sava. Sava Ivanovic. Sim, este é meu nome no colar, em caracteres cirílicos. Foi um presente do meu pai. Você deve ter percebido: eu não sou daqui."

"Pensei que fosse russo, mas Ivanovic não é russo, certo?"

"Oh, não. Há uma variante do meu nome, Ivanovich com ch, que é muito comum na Rússia também. Aqui mesmo, na universidade, há um professor Ivanovich, descendente de russos."

"Por falar em nomes e suas origens, você deve saber de onde veio o nome dessa marca de cigarro, certo?"

"Não. Nunca ouvi falar disso, mas agora que você falou, despertou minha curiosidade."

Elisa engoliu em seco. Seu coração batia um pouco mais rápido.

"Dizem que o nome vem do fato de que alguns maços de Lucky Strike continham maconha." Sorriu, dando de ombros. "O 'golpe de sorte' do nome, então, era esse: dar ao comprador a chance de um teco."

Sava franziu a testa, levou a mão ao queixo e refletiu por instantes em silêncio. Elisa aproveitou para continuar.

"Não é curioso? Às vezes nossas vidas são como um pacote de LS. Um hábito que pode trazer uma surpresa ainda mais agradável."

Teve certeza de ter dito uma besteira. Pensou em Forrest Gump aprendendo com a mãe que a vida era como uma caixa de chocolates: "Você nunca sabe o que vai encontrar". Tentara dizer algo parecido, mas apenas transmitira a possibilidade de Sava achar que ela gostava de maconha — o que poderia ser bom ou ruim, a depender do que ele achava da erva.

Coçou a cabeça, nervosa, buscando uma forma de remendar. Tentava falar deles, é claro. O maço de cigarros era a rotina organizada de Sava, e ela, Elisa, era o prêmio. Uma metáfora que não poderia ser pior.

Todavia, a resposta de Sava foi desprovida de preconceito e bem mais rápida do que pareceu.

"Uau. Que interessante! Bem, não seria uma sorte para mim, no entanto. Eu não gosto de maconha. Não curto, como vocês, mais jovens, dizem. E, na verdade, prometi a mim mesmo que pararia de fumar quando encontrasse alguém... Dizem que é mais fácil trocar um velho vício por um novo e, como vou passar as férias no litoral, talvez esse seja o meu golpe de sorte!" E sorriu pela última e inesquecível vez.

Então, o professor era solteiro. O que era ótimo, mas Elisa foi capaz de ler nas entrelinhas. Ela sabia que chegaria o dia em que Sava apareceria, cumprimentando-a com um sorriso que só os amantes têm, e diria:

"Sem cigarros hoje. Só palavras cruzadas!"

Seria a senha do fim. Elisa já conhecia esse sentimento. Quando amar alguém é inevitável. Quando a pessoa amada é a primeira imagem vista ao acordar e a última lembrança antes de adormecer; quando os olhos se fixam no teto do quarto e se recusam a fechar; quando os órgãos do corpo estão em tumulto, em revolta dentro de você. Contra você.

Bem, era o que estava acontecendo agora. E a maldita lógica da vida real? Ela era uma trintona que não tinha terminado os estudos, sem emprego e arrendando um empreendimento obsoleto, fadado à falência. E Sava Ivanovic era um episódio inacessível em sua rotina diária.

Elisa cria que nunca iria confessar seus sentimentos por ele. Um sentimento que nunca desapareceria de jeito nenhum, mas que, como o luto, teria que se transformar aos poucos: de um vazio forte para um questionamento incômodo; depois, para uma lembrança agridoce; e, finalmente, para um baú, num cantinho em um sótão no fundo do seu coração, onde colocaria um único colar com nome personalizado escrito em letras cirílicas.

[FIM]

APÊNDICE

MORFEUS

Querido Sava,

Nunca coloquei datas em nossas cartas, nas cartas que lhe enviei. Colocava nas cópias que guardava comigo, junto às respostas que você me enviava; depois, sozinhas; e, mais depois ainda, com respostas imaginárias que eu mesma escrevia como se fosse você.

Desta vez, eu queria colocar, mas não sei o dia. Não há calendários aqui e não nos falam que dia é, nem o mês. Mas acho que é domingo. O sol de hoje só pode ser um sol dominical. Ou o sol, como eu, não tem calendário.

Aqui, no instituto, não tenho mais as cartas. Os médicos as recolheram e guardam numa maleta, mas fico feliz de poder escrever. O doutor Ivan Petrovic é meu novo terapeuta. Gostei dele. Ele vai deixar eu continuar escrevendo. Assim, não me sinto só. Tenho a companhia dos meus personagens. Personagens são boas companhias. Como seres imaginários, eles existem de um modo diferente. Personagens são nossa IA. Esse recurso tecnológico é o que há de mais humano no mundo virtual. É uma síntese de conhecimento humano produzido até então. Assim são os personagens: um amálgama, um aglomerado das nossas memórias, encontros, experiências. São, portanto, imaginários e reais a um só tempo. Artificiais e naturais, como as inteligências artificiais. E, mesmo quando são consciente e intencionalmente baseados em pessoas reais, são, ainda assim, pessoas imaginárias — versões imaginadas, com vozes e rostos conhecidos, com comportamentos emulados, mas, ainda assim, irreais. Como nos sonhos.

Por isso, mesmo nos sonhos, esses entes que são projeções de nossos desejos ou medos se comportam, quase sempre, como se comportariam na vida real. Têm os mesmos rostos, vozes e atitudes. Por isso, dificilmente nos amam nos sonhos. Porque sabemos que não nos amam, ou cremos que não nos amem. E mesmo quando o nosso desejo faz com que esse amor onírico se torne realidade enquanto dormimos, mesmo assim tudo se desfaz antes do primeiro beijo, ou logo após. Porque nosso desejo — que abastece aquele amor — sucumbe ao medo de que acabe. E então acaba.

Nos sonhos, também encontro meus falecidos avós e parentes em algumas ocasiões, e converso com eles. Esses "diálogos oníricos" baseiam-se na nossa percepção dos outros, mas são muito reais. As vozes, expressões, maneiras e linguagem corporal — tudo estava lá como estavam na vida. Um truque mental, apenas. Memórias e criatividade trabalhando juntas. No entanto, é real, eu acho; já que sentimos isso. Se sentimos, é real. Foi real. O que é a vida senão percepção e sensação? As memórias oníricas não são diferentes das memórias reais quando vistas em retrospecto. A diferença é: um sonho tem tudo a ver com você e mais ninguém. Sem história, sem testemunha, sem danos. Um mundo privado e secreto.

Sonhamos com o que tememos e com o que desejamos. Às vezes, o medo interfere no desejo e faz com que aquele doce maravilhoso que vamos comer esteja estragado ou caia no chão; ou que as portas do parque de diversões se fechem bem na hora em que acabamos de chegar; ou chova, ou anoiteça, ou tudo desapareça. Quase sempre é o desejo nos levando pra perto, e o medo nos levando pra longe. Esse intruso, interferindo, impedindo ou encurtando as experiências boas.

Será que você sonha comigo? Acho que sim, porque seus sentimentos para comigo foram fortes. Mas medo ou desejo? O que alimenta esses sonhos seus?

Nós, escritores, temos o poder (ou acreditamos ter) de criar sonhos impressos. Escrever é como sonhar com a pena às mãos. Por isso, escrevi o que não consegui sonhar. Intentei escrever que me amou quem não me amava. Mas descobri que não se pode aprisionar o amor, não se pode torná-lo cativo de nossa vontade. Só se acabará sendo prisioneiro desse desejo. E meu cativeiro vem do desejo de subverter a realidade.

Seria bom se o mundo dos sonhos fosse o real, e vice-versa. Ontem, sonhei que estava fora do instituto. Um festival regional estava acontecendo na sua cidade natal. Gente em barracas, comida de rua, muita gente ao redor. Encontrei uma escola primária e perguntei por você. Você estava lá! Mas eu acordei antes que a funcionária te localizasse para dizer que eu estava ali. Parece que sonhos bons são frágeis como uma bolha de sabão. Nascem, se expandem e estouram no momento de sua maior beleza. Apenas pesadelos resistem a emoções fortes.

Se você lesse e respondesse essa carta, se você um dia voltasse a falar comigo, eu ia querer te perguntar o que Jung ou Freud dizem sobre os sonhos. Você sempre os citava e recomendava que eu lesse. Sei que posso pesquisar agora mesmo sobre isso, mas não quero. Quero guardar a minha ignorância intacta, na esperança de reagir com admiração genuína quando você me der mais essa lição.

Com amor,
Lis

YORICK

Querido Sava,

Certa vez, entrei na sala do meu editor e, enquanto aguardava ele encerrar uma ligação telefônica, observei que, sobre sua mesa abarrotada de papéis, havia uma edição recente de uma revista semanal de notícias, aberta na seção de entrevistas. Na página aberta, uma foto do entrevistado — um físico nuclear húngaro —, o título da matéria e a data. Nada na revista, ou em seu entrevistado, sugeriria o interesse que ela despertaria em mim ao ponto de, anos depois, estar descrevendo-a, aqui, para você.

Talvez seja assim com tudo. Coisas irrelevantes ganham propósito e utilidade ao mesmo tempo que nos intrigam, ao ponto de nos questionarmos se algo ou alguém dispersa essas “sementes de influência” ao longo de nossa jornada para nos assistir pisando-as ignorantemente ou colhendo seus frutos e entendendo seus propósitos — ou se, ao contrário, tudo é fortuito, e se tão somente somos ludibriados por nossa vontade e instinto de buscar sentido e propósito em tudo.

Enfim, meu editor encerrou a ligação e discutimos veleidades — das quais não me lembro, mas tampouco as reputo desimportantes, pois, em algum momento, podem ser trazidas de volta da cripta do esquecimento para, ressurgidas em glória, influenciarem meu destino. Do que me lembro, e o que revejo agora, nessa memória escrita, são a revista, a entrevista e o físico húngaro. Pois eis que, na semana seguinte, voltando eu ao escritório do editor, lá estava a revista, por cima de pilhas de papéis. Papéis que ainda têm sua utilidade — como apólices, notas fiscais, contas diversas, contratos assinados ou por assinar — e outros papéis já desnecessários, mas que, assim como eu, insistem em existir. Tais como originais de livros não publicados e revistas de notícias da semana passada.

Estava lá, a revista, por cima de documentos e originais aguardando o tempo disponível de que meu editor não dispunha. Outra edição dessa mesma revista também podia ser vista por baixo da edição mais antiga — a que tinha o físico húngaro como entrevistado. O que me faz pensar sobre um aspecto da personalidade do meu editor: o de buscar manter uma ordem cronológica obediente à sua vontade. Primeiro a revista da semana anterior, primeiro a entrevista, depois o restante da revista, depois a outra, e então o resto. Uma realidade ao redor da mesa — o tempo que não para, o telefone, as mensagens, os e-mails, eu e tudo o mais que aguardava a atenção do meu editor. Na mesa, sobre a pilha de documentos, outra realidade — estática, submissa, aguardando que as possibilidades do meu editor as chamassem à existência do lado de cá da mesa.

De qualquer forma, a despeito da vontade do meu editor de organizar suas leituras e domesticar o tempo das notícias impressas, de subjugar os contratos e calar o físico húngaro até que ele o quisesse ler, a despeito disso, aquele tempo parado, aquela revista aberta, desatualizando-se aos poucos, falava comigo sem palavras. Na foto que ilustrava a entrevista, o físico segurava um crânio, replicando, ao que parecia, o gesto de Hamlet.

Talvez o físico falasse sobre a relatividade do tempo ou sobre realidades paralelas — como aquela que eu observava na mesa do meu editor: de um tempo parado sobre ela, enquanto corria ao seu derredor. Isso, e a aparente referência a Yorick — o crânio que Hamlet segura, questionando-se sobre a mortalidade, na obra homônima de Shakespeare —, me fizeram lembrar de você. De sua paixão pelo autor bardo e também da possibilidade de, como autora, fazer o que meu editor tentava em vão: controlar o tempo. Mais que isso: moldar uma realidade que não podia ser mudada. Notícias em revistas se tornam datadas, contratos vencem, prazos expiram; até mesmo fatos históricos são recontados e ressignificados. Obras de ficção, ao contrário, são para sempre. Autores têm o poder de criar irrealidades imutáveis.

Foi quando decidi criar você, à imagem e semelhança de Savo.

Com amor,
Lis

DE ONDE VÊM?

Querido Professor Ivanovic,

Desde que encerramos o curso — como já havia lhe escrito em cartas anteriores — tenho me dedicado a seguir seu conselho. Desde então, venho praticando a escrita de contos e crônicas, como o senhor sugeriu. E devo dizer-lhe: que loucura é escrever!

O senhor se lembra de quando me perguntou como eu escolhia os nomes dos personagens? Eu lhe respondi, à época, que eles apenas "aparecem" na minha mente. Hoje, me ocorreu lembrar de uma pequena e divertida história a respeito.

Eu precisava de um nome para um personagem — um monge. Ele deveria pertencer a um mosteiro da Europa Medieval. Normalmente, como disse, os nomes simplesmente surgem. Desta vez, não foi diferente. Veio à minha mente um nome francês: Gireaux. Conscientemente, eu não me recordava de ter conhecido, lido ou ouvido falar de ninguém com esse nome. Não é um nome comum, e eu tampouco leio muito da literatura francesa ou assisto a filmes franceses. Talvez fosse o nome de alguém que se alojou no meu subconsciente e ali adormeceu, até ser despertado pela necessidade daquele momento criativo. Mas fiquei curiosa e resolvi investigar se havia alguém famoso com esse nome, alguém de quem eu pudesse ter ouvido falar, vindo assim a depositar-se em meu arquivo mental de nomes (risos).

Pois bem, descobri um filme francês cuja personagem principal chamava-se Paula Gireaux. Ok. Não é grande coisa. Acontece que Paula era uma prostituta que desejava mudar de vida e se apaixonava por um personagem interpretado por um ator brasileiro chamado Murilo Benício. Já ouviu falar dele?

Curiosamente — ou nem tanto — Murilo já havia interpretado um monge em um filme ambientado na Idade Média. Assim como o meu conto! Ou seja, fazendo as conexões: no filme francês, a prostituta Gireaux ajuda um homem que é interpretado por um ator que, em outra ocasião, interpretou um monge, enquanto Gireaux — no meu conto — é um monge!

Quer saber, professor? Agora, enquanto lhe escrevo, tudo isso não parece grande coisa. É que escrever cartas tem um fluxo muito particular. A gente se sente mais livre, como se escrevesse num diário.

Ou, pensando melhor, talvez não seja a escrita epistolar em si, mas o destinatário. Acho que vou escrever outra carta só sobre essas coisas insignificantes que compartilhamos com pessoas de quem gostamos — e das quais depois nos arrependemos por parecerem tão bobas. Tememos por nossa reputação, acho... É o que sinto agora. Mas também me ocorre que isso (escrever bobagens insignificantes) talvez diga muito sobre a significância da pessoa a quem se escreve. P.S.: Vou anotar isso em outro papel para desenvolver depois (risos).

Essa coisa dos nomes de personagens e das coincidências; de ter a mesma ideia que outra pessoa; de cantar, de repente, a mesma parte de uma canção que, silenciosamente, a amiga entoava... Isso tudo talvez signifique algo além de nossa compreensão. Me faz pensar em Pierre Teilhard de Chardin. O senhor já leu algo dele?

Chardin foi um monge francês que viveu entre os séculos XIX e XX, e que cunhou o termo Noosfera — uma espécie de atmosfera composta por pensamentos e energias mentais humanas. Essa esfera energética seria uma espécie de compêndio intelectual universal, acessível a mentes criativas. Como se fôssemos pequenas antenas captando ideias que flutuam por aí, sobre nossas cabeças.

E vou lhe dizer, professor: essa é exatamente a sensação ao escrever, quando o fluxo criativo está em movimento. Parece algo externo, algo que flui através de nós, escritores — mas que não vem de nós.

Talvez venham desse ambiente místico, energético, noosférico, as ideias, tramas, personagens e conexões aparentemente aleatórias, como a que descrevi. Quem poderá dizer que não sejam, afinal, tão aleatórias assim?

De sua aluna,

Lis

Querido Professor Ivanovic,

Obrigada por sua resposta! Fico feliz em saber que o senhor também gostou de Drácula. Fiquei muito envaidecida com seus elogios à minha carta de apresentação. Apesar de já tê-lo agradecido durante a aula inaugural, repito aqui minha sincera gratidão por ter sido aceita. Também agradeço pelas recomendações de outros romances epistolares. Não sabia que As Ligações Perigosas era desse mesmo gênero. Quanto a A Cor Púrpura, embora eu soubesse que se trata de um romance epistolar — e, desde a leitura de Drácula, tenha aumentado minha vontade de lê-lo —, ainda não o li, nem assisti ao filme baseado nele. Mas ele está, como aprendi com o senhor, na minha bucket list.

Terminei! Enfim, terminei a leitura de O Hotel Branco. Uau. Que narrativa densa. Poucos diálogos, enredo intrincado, episódios oníricos, realismo explícito e, por fim, um final transcendental.

No entanto, no fim das contas, foi uma experiência que valeu a pena!

Eu amo o "final após o fim". Para mim, o livro encapsula a vida humana em todos os aspectos possíveis: identidade, sexualidade, amizade, artes, família, sonhos, desejos, espiritualidade. Está tudo lá!

É interessante como Thomas descreve um "felizes para sempre" antes do fim. Lisa é casada com Victor. Ela experimenta a maternidade e o amor familiar. É, digamos, um "felizes para sempre". Então, a guerra muda tudo drasticamente.

Thomas usa o trem como metáfora. Melhor dizendo: tudo é uma metáfora em seu romance. Mas, novamente, o trem é um bom símbolo para nossas diferentes experiências e "estações" da vida. Para mim, é — quase — a metáfora perfeita para a vida. Melhor ainda seria uma montanha-russa (porque a vida é assim: momentos invertidos, momentos twister, momentos relaxantes, belas vistas às vezes e, o mais importante: é cíclica. O que vai, volta). "Fomos feitos para ser felizes e aproveitar a vida. O que aconteceu?" — o propósito e a perplexidade da vida estão contidos nessa frase de Lisa. Essa pergunta — o que aconteceu — é fundamental para entendermos por que não estamos tão felizes quanto deveríamos estar.

Mas, no pós-final, na parte pós-roteiro, Lisa diz: "Acho que, onde quer que haja amor — de qualquer tipo —, há esperança de salvação."

Isso é tão poderoso. Tão poderoso!

Lisa morreu acreditando no amor. Por causa disso, ela lutou pela vida. Por causa disso, conseguiu confortar o filho no último momento. Ela foi capaz de dizer que Kolya não sentiria "nenhuma dor, e que, quando estivessem no céu, ela ainda estaria com ele".

Dizem que religião é um assunto a ser evitado. Mas eu digo que é impossível evitá-lo, porque está no cinema, nas canções, nas artes em geral, na ciência, na História — em todos os lugares! E D.M. Thomas mostra isso também.

Mas, quando falo de "religião", quero dizer "espiritualidade". A religiosidade é apenas uma caixa que criamos para colocar Deus. Uma caixa com um rótulo com o nome d'Ele, feita para controlar as pessoas como se fôssemos Ele.

Assim, a espiritualidade é um tema impossível de evitar. Podemos até tentar não falar sobre isso, mas não podemos não pensar sobre isso. É inevitável.

D.M. Thomas falou sobre isso. Freud também. Shakespeare. É o elefante na sala. Podemos fingir que ele não está lá, mas ele continua ali.

Voltando ao livro, Thomas imagina um paraíso que é um lugar onde você encontra respostas; um lugar sem mais dores; um lugar para servir, para crescer, para reencontrar os entes queridos.

Aguardo, ansiosamente, suas críticas e comentários!

Saudações,

Elisa F.

P.S. — Decidi aceitar sua sugestão de escrever textos curtos, como crônicas ou contos. Irei enviar alguns em breve. Por favor, conto com sua costumeira sinceridade e crítica.

UMA XÍCARA DE LOUCURA

Prezado Sava,

Acho que, pela primeira vez, fico feliz em saber que você não lerá esta carta.

Eu não estou me sentindo bem. Acabei de tomar chá de folha de coca. Parece que, aqui no instituto, terapias alternativas são bem-vindas!

É engraçado... De repente, senti um forte desejo de expressar tudo o que está em minha mente. O que está acontecendo comigo? Sinto-me livre. Estranho, hein? Livre para dizer... para dizer o quê?

Meus pensamentos... Deixe eles fluírem...

Desculpe, caro professor.

Deixe-os fluir...

Acho curiosa a expressão "dammit". Se fosse em maiúsculas — DAMMIT, assim mesmo — pareceria um... um... um...

Não lembro... Professor, como a gente nomeia o processo de escrever só as letras que iniciam o nome de um departamento, por exemplo? Você sabe o que eu quero dizer?

Como S.H.I.E.L.D. Ou S.W.A.T.

Oh! Eu lembro. Acrônimo? Acrônimo, certo?

OH MEU DEUS! OH MEU DEUS! OH MEU DEUS!

Eu sei por que estou escrevendo assim...

Eu bebi chá de coca!

Oh, meu Deus! Já disse que bebi chá de coca? Ora! Que estupidez! É só ler o que já escrevi... Está aqui. Eu... o que eu estava dizendo mesmo? (risos) Não consigo parar de rir.

Isso vai ser divertido!

Não, professor, não é chá Coca-Cola. É um chá feito de folhas de coca. Estou em Belgrado, o senhor sabe. Meu médico me ofereceu. Pensei: é só um chá, só uma bebida.

Departamento de Administração e Gestão do Massachusetts Institute of Technology. D.A.M.M.I.T.

Viu?

Puxa! Espero que essa carta não seja publicada na minha conta do LinkedIn. Tchau, tchau, oportunidades de trabalho!

Será que eu seria uma escritora melhor se estivesse acostumada a beber chá de coca? Ou talvez seja o contrário... As pessoas não compram meus livros porque elas é que estão bebendo chá de coca?

Minha mente está se acalmando...

Nossa, isso é perigoso. Eu estava sendo seduzida pela loucura.

A loucura é uma espécie de liberdade.

Um louco pode fazer o que quiser.

A loucura é um esconderijo.

Ninguém pode ver o seu verdadeiro "você".

Invisibilidade.

Invisibilidade!

Estranho... se você é doido, quanto mais você se expõe, mais você se esconde...

Porque você começa a colocar as coisas para fora... como os móveis de uma casa. Como se um antigo acumulador compulsivo estivesse promovendo uma venda de garagem. Cada item revela algo sobre ele, mas não tudo. O antigo acumulador compulsivo ficará livre de tudo o que não é essencial.

Como o lunático. Como os loucos.

Não os loucos silenciosos.

Loucos falantes.

Os falantes estão vendendo seus móveis.

Sim. Estou bem agora. Chega de frases fragmentadas. Nada de vozes soltas.

Eu gosto desta palavra: "Eleven" — onze, em inglês. Claro que o senhor sabe disso.

Eleven.

Eleven nem devia ser um número; devia ser outra coisa. Não parece um número. Destoa dos vizinhos: eight, nine, ten... eleven (?)... twelve. Poderia ser "twone", uma mistura de two e one, que é o número um duas vezes. Depois viria o twelve.

Ten, twone, twelve.

Eleven é um intruso.

Parece uma palavra de luxo! Dá pra sentir?

A segunda sílaba é forte e a última é suave. Para cima e para baixo: E-le-ven.

Eleven é elegante.

Monte Eleven.

Residencial Eleven.

— Qual o seu nome?

— Meu nome é Eleven.

E se você quebrar em duas partes: El Even.

Uma divindade!

"El" é Deus em hebraico.

E "even", como adjetivo, significa: plano e suave; ou "no mesmo nível", "contínuo", "regular", "igual", ou "igualmente equilibrado". Igual, com a mesma probabilidade de acontecer ou não.

É isso! Faz muito sentido.

El-Even, o Deus Suave!

Os jamaicanos iriam adorar!

O Deus contínuo, o igualmente equilibrado, tão provável de acontecer quanto de não acontecer.

Dr. Ivan! Traga-me outra xícara de chá!

Suave,

Lis

A LETRA C

Querido Professor Ivanovic,

Espero que esta carta te encontre bem.

Desta vez me peguei pensando na letra C. Como você sabe, como escritora, adoro palavras; amo as letras — e, entre elas, a minha favorita é o "C".

Eu gostaria de dizer a você o porquê.

Acredito que a principal missão humana é a coexistência. Para tornar isso possível, a palavra-chave é "Comunicação". Todos os problemas de convivência humana decorrem da falta ou má comunicação.

Além disso, adoro o design da letra "C". É uma metáfora para mim.

É quase um círculo, mas o círculo é o símbolo da perfeição, e não somos humanos perfeitos. Em vez disso, somos perfectíveis.

O "C" é um "O" incompleto, um círculo em processo. Como nós.

O formato "C" também lembra um abraço, um chamego. É inclusivo, é aberto para receber.

Além disso, a letra maiúscula "C" é o sinal de um elemento químico significativo: Carbono — que é o principal componente de nós, humanos!

Mas não só. Todos os seres vivos contêm carbono de alguma forma. A estrutura molecular do carbono permite que ele se ligue de muitas maneiras diferentes e com muitos elementos diferentes. O carbono existe para fins de ligação.

Somos feitos de carbono. Somos feitos para estar "conectados".

Essa é a razão pela qual eu amo a perspectiva africana do conceito de comunidade. Algumas etnias africanas têm o sentido de "comunidade" em tão alta estima que, para elas, a vida só faz sentido em grupo.

Atrevo-me a parafrasear a máxima de Descartes, tornando-a significativamente diferente:

"Pertenço, logo existo."

C?

Elisa F.

* * *

A ENTREVISTA COM A AUTORA

— Você se imaginava tendo todo esse sucesso?

— Sim. Todos os escritores se imaginam assim. Todos, da minha geração, ao menos. Acho que essa sua pergunta, ahn... Como posso dizer? Nós, escritores — e acredito que falo por todos — imaginamos tantas coisas — afinal, essa é nossa ferramenta maior, a imaginação — que seria impossível você me perguntar algo que eu não tenha imaginado. (risos)

— E como foi antes do sucesso? Como era sua relação com o anonimato?

— Interessante você ter perguntado isso, porque eu decidi mudar minha resposta sobre quando me perguntavam quem eu era e o que fazia. Quando, bem no início, me perguntavam o que eu fazia, eu respondia:

"Administrei uma revistaria, mas atualmente trabalho numa agência de viagens e também escrevo livros". Então diziam: "Ah, legal", ou algo do tipo. Eu dizia que escrevia livros por último, então as pessoas já pensavam nisso mais como um hobby, algo menor. Às vezes, até demonstravam mais interesse por eu ter tido uma banca de revistas ou trabalhar numa agência de viagens do que com o fato de eu ter escrito um livro.

— Mas, então, depois, você passou a responder de modo diferente? Como foi?

— Sim, eu passei a dizer que era escritora. "Sou escritora", eu dizia. Sem mais me referir ao meu emprego ou à minha formação.

— As pessoas mudaram. Elas reagiam de modo diferente, certo?

— Sim. (risos) Aí elas diziam: "Nossa! Escritora! Que máximo!" E, então, as perguntas seguintes eram: "Sobre o quê você escreve?" ou "Qual livro você já escreveu?" Antes, eu costumava responder: "Ah, não sou famosa, não adianta nem eu dizer o nome do livro, você não leu, com certeza!" Mas também mudei essa resposta. Acho mesmo que tudo começou a acontecer pra mim depois que eu passei a responder de um jeito diferente a esse tipo de pergunta. Eu passei a dizer, então: "Sou uma escritora. Escrevo romances de sucesso. Sou famosa."

— Isso é ótimo. Você já estava abraçando sua futura fama. Mas as pessoas não perguntavam ou diziam coisas do tipo: "Ok, mas nunca ouvi falar de você"? Isso não acontecia?

— Não. Acho que as pessoas iriam pensar que isso era indelicado e, na verdade, eu me antecipava e dizia: "Se você ainda não ouviu falar de mim ou de alguma obra minha é porque, nós, escritores, somos famosos à nossa própria maneira. Somos famosos e desconhecidos ao mesmo tempo".

— Entendi o que você quer dizer. Os autores famosos podem ser desconhecidos do grande público, certo?

— Mais do que isso. Eles são desconhecidos mesmo entre especialistas. Veja você, por exemplo. Vou dizer o nome de três escritores de sucesso, da atualidade. Todos premiados, traduzidos em vários idiomas, e aposto que você não terá ouvido falar de, ao menos, um deles.

— Ok. Vamos lá. Diga.

— Hanesh Shakkir? Já ouviu?

— Hanesh... Hanesh... (risos)

— Bel Cintra, de Portugal. Já ouviu?

— Ahn... não. Não me é estranho, mas não.

— Ives Martinelli. Do Brasil, São Paulo. Já ouviu?

— (risos nervosos) Também não. Que livro ele escreveu?

— Ela. Seu maior sucesso é *O Campo de Portas*. Um romance sobre uma pessoa que morre, chega no Céu e descobre que o Paraíso é cheio de portas, como se fosse um campo infinito — portas e mais portas. Cada uma delas dando acesso a momentos da vida da pessoa, ou a realidades paralelas de vidas que ela poderia ter vivido. Um livro muito interessante.

— Er... Você tem razão. Fui pior ainda que sua expectativa, mas capturei sua mensagem: mesmo entre amantes da leitura, há tantos escritores, de tantos lugares, que será muito comum que, mesmo um escritor ou escritora de sucesso, não seja conhecido ou conhecida.

— Isso. E por isso eu dizia: "Sou uma escritora de sucesso. Só que você ainda não ouviu falar de mim". Daí fazia o mesmo teste que fiz com você. E o resultado, invariavelmente, era o mesmo. Ninguém conhece ninguém. (risos) Só Paulo Coelho habita num panteão de autores vivos realmente populares.

— Sim! Paulo Coelho. Esse eu conheço! (risos) Mas você está num outro patamar agora, não?

— Não! Acredita? (risos) Claro que, em eventos literários, palestras ou situações mais específicas, sim. Mas, muitas e muitas vezes, em aeroportos, numa fila de banco, no supermercado, em alguma conversa informal, mesmo em festas, eu me apresento dizendo que sou escritora, cito minhas obras e há muitas pessoas — a maioria, eu diria — que não me conhece. Alguns, até, por cortesia, fingem conhecer... (risos) Não cheguei ao nível Paulo Coelho de reconhecimento. (risos)

— Então, seu primeiro livro, *Esse Ser Que Não Sou Eu*, teve vendas discretas antes de você alcançar a fama. A fama relativa, digo. Fama não Paulo-Coelhiana. (risos)

— Isso mesmo. Não fez nem sucesso relativo. (risos) Decidi fazer um livro numa direção contrária ao dos meus colegas de profissão.

— Como assim, diferente?

— Muitos autores e autoras escrevem versões de si próprios em seus livros de estreia. São autoras de vinte e poucos anos com personagens de vinte e poucos anos que são versões estilizadas e bem-sucedidas delas próprias. Mulheres de sucesso encontrando o amor em encontros inusitados. Autores de 30 anos cujo personagem principal é um homem de mesma idade sendo herói de um romance distópico. Projeções do que os autores gostariam de ser. Fui na contramão.

ESSE SER QUE NÃO SOU EU
(Trecho da obra citada, de Lis Fonseca)

Foi durante o banho que me dei conta de que deveria mesmo seguir o conselho da minha irmã e verificar o tal código de rastreio da encomenda que devia ter chegado hoje. Por que diabos o conselho me pareceu tão irritante algumas horas atrás? Podem uns minutos de sono e um simples banho transformar o humor de alguém a ponto de fazê-lo "desdizer" ou — no meu caso — "despensar" o que havia pensado instantes antes? Sim, pode.

— Você sabe se o que você comprou tem o código de rastreio? — ela perguntou enquanto eu tirava os malditos sapatos.

A chuva, o trânsito, o cinema abandonado no meio do filme e aquele prato de comida cara e ruim — cujos efeitos digestivos, ou melhor, indigestivos começavam a se fazer sentir. Tudo somado e eu a ponto de explodir.

— Não — respondi, lacônico.

— Não sabe ou não tem?

Ahh! Que ódio! Como detesto quando ela faz esse tipo de pergunta!

— Você sabe se o Marcelo vem almoçar aqui em casa hoje? Você viu se reprisaram o episódio de *Friends*? Você ouviu se a previsão é de chuva pra amanhã?

O problema é a porcaria do "se". Faz com que sejam duas perguntas em uma. Eu, de mau humor como estava, só respondo a primeira:

— Não.

E, invariavelmente, vem outra pergunta:

— Não o quê? Não, você não sabe ou não, o Marcelo não vem?

— O que você me perguntou, oras? Não foi se eu sabia? Então! Saber, eu não sei. Foi o que eu disse! Foi o que respondi: Não. Não sei se o Marcelo vem. — E sempre emendo o conselho nunca seguido: — Vê se pergunta as coisas direito.

Mas não é sempre assim que me comporto. Isso é quando estou de mau humor. Pois, quando de bom humor, não perco a oportunidade de sacanear.

"Sim", respondo.

E lá vai ela arrumar comida para o Marcelo. Ou, o que é ainda pior: não arrumar quando eu respondo "não" e o esfomeado aparece inesperadamente.

"Sim", e lá vai ela ligar para a Carol e reclamar que perdeu a reprise do episódio inédito de *Friends*.

"Sim", e lá vai ela de capa e guarda-chuva para o trabalho numa linda e ensolarada manhã.

Dane-se! Aprenda a perguntar ou sofra as consequências.

Pior que o "se" na pergunta é o "se" mais o "ou".

— Você sabe se é pra esperar a mamãe no shopping ou na faculdade?

— É.

— É o quê, Cadu? É no shopping ou na faculdade?

— O que você me perguntou? — normalmente provoco.

— Saco, Carlos Eduardo! Você sabe o que eu perguntei. É pra esperar a mamãe no shopping ou na faculdade? Por que você não responde o que eu pergunto?

— Eu respondo exatamente o que você pergunta. Você é que não faz a pergunta direito.

Detesto pensamentos inconclusos, perguntas mal feitas, raciocínios incompreensíveis. Coisas ilógicas me irritam. Já sono e banho me acalmam. O melhor seria se eu sempre pudesse dormir um soninho e tomar um banho antes de responder a alguma pergunta ou comentário ilógico que escuto.

Mas hoje, especialmente, não foram as perguntas toscas da Maria Clara — inconclusas, uma parte ela verbaliza, a outra guarda em algum canto da sua mente e espera que eu complete as lacunas — que me irritaram. Ela havia apenas feito uma pergunta pertinente. Mas eu me irritei assim mesmo. Pelo menos não dei uma má resposta. Mas pensei em dar. Cheguei até a criar o diálogo na minha mente — aquela situação em que você diz a si mesmo: *Se o fulano me disser isso, ele vai ouvir isso, isso e mais isso.*

— Você sabe se o que você comprou tem o código de rastreio?

— Não.

Ela, percebendo minha irritação (acho), não fez a pergunta cretina que sempre se segue:

— Não o quê? Não sabe ou não tem código?

Mas, se tivesse feito, eu estava preparado.

— Não. Não sei. Você perguntou se eu sabia. Eu respondi "não", ou seja: não, não sei. Não consigo ser mais claro que isso.

Mentira. Claro que consigo. Basta dormir, tomar um banho e então responder.

Continuei tirando o sapato, as meias, massageando os pés e dando sequência ao meu diálogo imaginário.

— Não tenho os códigos de rastreio. Nem sei se eles existem. A encomenda não é dos Correios.

— Não é só os Correios que têm código de rastreio — ela diria.

— Pois é. Eu não sei quem tem ou quem não tem. Eu só sei que EU não tenho!

— Nossa, Cadu. Como você é estúpido. Só estou querendo ajudar.

— É, mas eu não tenho paciência, nem tempo pra sentar diante do computador pra descobrir se tem ou não tem e se a encomenda chegou ou não chegou e quando vai chegar. Não tenho tempo...

Aponte a câmera do celular para o QR Code abaixo
e conheça mais livros visitando o nosso site.